Botho Strauß:
Der Park
Schauspiel

D1858373

Deutscher
Taschenbuch
Verlag

dtv

Von Botho Strauß
sind im Deutschen Taschenbuch Verlag erschienen:
Trilogie des Wiedersehens / Groß und klein (6309)
Marlenes Schwester (6314)
Die Hypochonder / Bekannte Gesichter,
gemischte Gefühle (6330)
Die Widmung (10248)
Paare, Passanten (10250)
Kalldewey. Farce (10346)

Ungekürzte Ausgabe
April 1985
Deutscher Taschenbuch Verlag GmbH & Co. KG,
München
© 1983 Carl Hanser Verlag, München · Wien
ISBN 3-446-13772-6
Umschlaggestaltung: Celestino Piatti
Gesamtherstellung: C. H. Beck'sche Buchdruckerei,
Nördlingen
Printed in Germany · ISBN 3-423-10396-5

Für Peter Stein

Man stelle sich vor: eine tüchtige Gesellschaft, beinahe gleich weit entfernt von den heiligen Dingen wie vom zeitlosen Gedicht (und ein wenig ermüdet schon), erläge statt einem Mythos oder einer Ideologie dem Genius eines großen Kunstwerks. So gesehen, sind die Figuren und ist die Handlung dieses neuen Stücks besetzt und bewegt, erhoben und genarrt durch den *Geist* von Shakespeares ›Sommernachtstraum‹. Und so wie keiner von uns sein *eigenes* Leben führen kann, sondern immer nur eines, das tausenderlei übergeordneten und untergründigen Vorbedingungen, ›Strukturen‹, Überlieferungen gehorcht, sind auch jene Zeitgenossen, die hier auftreten, Abhängige und Ideologen unter der zauberischen Herrschaft einer alten, unergründlichen Komödie. Gleich wie der Blumensaft, den Puck und Oberon den Schläfern im Athenerwald verabreichen, ist nun ein Kunstwerk selbst dem hiesigen Personal, zu seiner Beirrung, in die Sinne geträufelt worden. Jedoch Verwandlungen vollziehen sich und wälzen Menschen, Geister, Handlung um – der ›Sommernachtstraum‹ geht immer weiter, und niemand da, der wach geblieben wäre und jenes gute Gegenmittel brächte, um alle rasch von ihrem Irrtum zu befreien.

Personen

HELEN
GEORG
HELMA
WOLF
TITANIA
OBERON
ERSTLING
HÖFLING
CYPRIAN
SCHWARZER JUNGE
MÄDCHEN
1. JUNGE
2. JUNGE
3. JUNGE

Akt 1

1. Szene

Im Stadtpark. Rechts vorn ein mannshohes Holundergebüsch. Die roten Zweige stehen kahl wie im Winter. Etlicher Unrat ist darin hängengeblieben: Papier, Bierdosen, Strumpfhose, Schuh, das flatternde Band einer zerstörten Recorderkassette etc. Während die Bühne noch dunkel ist, streift ein Scheinwerfer über die Hecke und den Fries der Reste hin. Geräusche von Tieren in ihren Zirkuskäfigen. Dann fällt ein mattes Licht über die gesamte Bühne. Auf der linken Seite ein flacher Kasten mit verdrecktem Sand. Dahinter ein dunkelroter geteilter Vorhang. Durch die Öffnung fällt ein starkes Licht. Ein leeres Trapez schwingt hin und her.
Vorn auf dem Rand des Sandkastens sitzt HELEN *im Paillettenkostüm der Zirkusakrobatin. Sie zittert und raucht eine Zigarette. Von rechts tritt* GEORG *hinter der Hecke hervor.*

GEORG Guten Abend. Wie geht's?
HELEN Ach. Tach. Na ja. Geht so.
GEORG Wollte mal wieder nach Ihnen schaun.
HELEN Hm. Tüchtig.
GEORG Was macht die Kunst? Zufrieden?
HELEN Kunst, ja? *Tippt sich an die Stirn.* Hier! Plpp!
Kunst machen die, ja? Kunst ist was anderes.
Das ist keine Kunst, was die da machen. Alles
blutige Laien.
GEORG Sie sitzen hier draußen und frieren.
Warum machen Sie nicht mit bei der Probe?
HELEN Ich? Ich mach da doch nicht mit.
Ich mach da also absolut nicht mehr mit.

GEORG Haben Sie Streit mit Ihren Partnern? Wollen Sie nicht mehr mit denen oder wollen die nicht mehr mit Ihnen?

HELEN Die mit mir? Na, hören Sie. Die nehmen mich doch mit Kußhand. Die schlecken sich die Finger ab nach mir, wenn ich komm und sag: hier, tatütata *(sie wackelt mit dem Körper)* ich mach euch was, ich mach euch die flotte Helene auf dem Nagelbrett oder 'n Vogelmenschen oder so was. Aber oben auf der Stange, am Trapez, da haben sie an allem was rumzumeckern. Mal paßt ihnen mein timing nicht, mal bin ich zu groß, mal zu klein, kommt ganz drauf an, die finden immer ein Haar in der Suppe. Ach, what the fuck, I'am not such a dumb little cutie, das man dauernd herumkommandieren kann.

GEORG Sie werden bestimmt gebraucht da drin.

HELEN Nein. Bin runtergefallen.

GEORG Wie?

HELEN Runtergefallen. Von oben nach unten. Gestürzt. Abgestürzt.

GEORG Vom Seil?

HELEN Vom Trapez.

GEORG Mit Netz?

HELEN Ohne.

GEORG Haben Sie sich verletzt?

HELEN Ich bin nicht wieder rauf. Das ist es.
Das ist es, was du niemals tun darfst.
Ich mach 'ne einfache Schraube und flieg runter.
Ich kann sogar die doppelte Schraube. Mit nichts.
Hab aber die Hand von Pascal nicht erwischt.
Ich hab sie nicht mal berührt. Verschätzt. Und ich flieg runter in den Sand und geh nicht gleich wieder rauf. Ich hab gedacht: ich pack's nicht, ich bring's nicht. Ich

hätte natürlich wie jeder im Zirkus wieder rauf gemußt, auch wenn es bloß ein blöder Amateurzirkus ist, ganz egal, sonst schaffst du's nie wieder.

GEORG Ich fahre Sie ins Krankenhaus, Helen. Sie müssen sich untersuchen lassen.

HELEN Nee, nee. Laß mal. Ich wasch mich gleich.

Sie zieht einen Schuh aus und läßt Sand herausrieseln.

So'n Scheißamateurzirkus. Der reine Zeitvertreib. It's a sheer waste of time. They're just a bunch of would-bes. Alles Laien. Große Klappe, nix dahinter. *Sie steht auf.*

GEORG Kommen Sie. Trinken wir etwas.

HELEN So? Na, meinetwegen.

Er legt ihr seine Jacke über die Schultern. Sie gehen nach rechts ab.

HELEN Ich kenn doch diese Superstars. Ich schwör's Ihnen, keiner von denen kann auch nur ein Husterchen mehr als ich. They can't top me by a fart – none of them. Big mouth – no go . . .

2. Szene

In der Hecke erscheinen die Köpfe von OBERON *und* TITANIA.

TITANIA Schon zurück, mein Oberon?
Schon wieder auf verlorenem Posten?

OBERON Spotte nur, lieblose Titania.

TITANIA Ich? Ich bin nicht liebloser als du,
mein eifersüchtiger Herr.

OBERON Nicht einmal die klumpige Erde unter unseren
Füßen mäßigt deine gierigen Schritte.

TITANIA So wenig wie deine Eifersucht erlahmt,

wenn sie mich nun durch rauhe, kahle Städte
jagt, anstatt, wie einst, durch weiche Wolkenflure.
Himmel und Erde sprechen mir die gleiche Jägersprache.

OBERON Dann bleib an meiner Seite und sorg,
daß wir mit tieferer Wirkung uns
den Städtern zeigen. Das ewige Streiten schwächt
empfindlich unseren Abglanz.

TITANIA Ja, mein Oberon.
Doch unser . . . Laster hat uns beide
nicht eben friedfertiger gemacht.

OBERON Ich klage nicht über mein Laster.

TITANIA Ich auch nicht, Oberon.
Jedoch – mein Gottsein tut mir weh
in diesem Körper. In diesen engen Grenzen.
Es schmerzt.

Die Erscheinung verschwindet. Von links spazieren ERSTLING *und* HÖFLING, *zwei nervöse Männer, herbei.*

ERSTLING Nimm es mir nicht übel: bis hierher und nicht weiter. Weiter gehe ich nicht.

HÖFLING Ist es schon hier? Fängt es hier schon an?

ERSTLING Laß uns umkehren. Es tut nicht gut . . .

HÖFLING Das darf doch nicht wahr sein! Du fürchtest dich, nachts durch den Park zu gehen und gleichzeitig träumst du wie ein Stier davon, eine Frau ins Gebüsch zu stoßen und ratzeputz zu vergewaltigen.

ERSTLING Die Dicke, ja.

HÖFLING Die Dicke! Die mit dem spindeldürren, die mit diesem Flamingobein von einem Mann zusammen ist?

ERSTLING Zusammen ist! Zusammen war. Der Dünne ist tot.

HÖFLING Schon?

ERSTLING Schon!

HÖFLING Wieso ist der Dünne tot?
ERSTLING Wieso!
HÖFLING Woran ist er gestorben?
ERSTLING Woran! Ein Dünner, der von Tag zu Tag dünner wird, ist einfach irgendwann nicht mehr da. An Auszehrung ist er gestorben. An einem Virus. An einem auszehrenden Virus. Wahrscheinlich ein unbekannter Virus.
HÖFLING Man hat sich schon immer gefragt: wieso läuft dieser hauchdünne, fast nicht zu erkennende Mensch mit so einer kugelrunden Frau herum? Die haben sich, unter Garantie, per Anzeige gefunden.
ERSTLING Heiratsvermittlung mit Videokartei!
HÖFLING Computerwahl!
ERSTLING Die haben sich auf 'ner Datenbank kennengelernt!
HÖFLING So etwas ergibt kein natürliches Paar.
ERSTLING Ein Komikerpaar!
HÖFLING Laß uns umkehren.
ERSTLING Siehst du: hab's gleich gesagt.
Kehren wir lieber um.

Beide nach links ab. OBERON *tritt hinter der Hecke hervor und begibt sich in die Nähe des Vorhangs. Von rechts kommen der* 1. JUNGE *und das* MÄDCHEN. *Der Junge in Latzhose, das Mädchen mit dicker Brille, zerrissenen Joggingschuhen, T-Shirt mit Mickey-Mouse, Jeans an den Knien abgerissen, Kette am Fußgelenk, bemalten Wangen und Knien, Plüschhund unter dem Arm. Sie tragen einen Kasten Bier.*

1. JUNGE Das ist ein dauerndes Geruckel zwischen uns. Kannst du dich nicht an meinen Schritt gewöhnen?

MÄDCHEN Gewöhn du dich doch an meinen.

Beide nach links ab. Von rechts kommt HELMA. TITANIA *erscheint in der Hecke. Sie öffnet ihren Mantel weit und zeigt sich.* HELMA *weicht erschrocken zurück und starrt auf den weißen Statuenleib mit seiner starken, tierhaften Behaarung auf dem Unterbauch. Dann läuft sie zu* OBERON.

HELMA Hören Sie! Entschuldigung . . . aber da drüben, im Busch, eine Frau, eine Frau! Ich habe so etwas noch nie gesehen. Gräßlich! Eine Frau, die sich entblößt . . . die macht den Mantel auf, Sie – ich bin vielleicht erschrocken! Rufen Sie doch die Polizei! Wenn das ein Kind sieht, wenn das ein Kind sieht!

OBERON »Ich kenn ein Ufer, wo wilder Thymian blüht
Wo Primeln leuchten, das Veilchen dunkel glüht
Wo Geißblatt üppig wölbt den Baldachin
Mit süßen Malven, Rosen und Jasmin
Dort schläft Titania manchmal in der Nacht
Wenn Duft und Tanz und Lust sie müd gemacht
Dort streift die Schlange ab ihr Silberkleid –«
Er öffnet plötzlich den Mantel weit und zeigt sich. HELMA *beißt in ihren Handballen und läuft davon.*

3. Szene

TITANIA Weit hast du's nicht gebracht bei ihr, mein Herr.
OBERON Du auch nicht.
TITANIA Vor mir blieb sie etwas länger stehen.
Mich hat sie etwas länger doch erblickt.

OBERON Der Augenblick ist eingeimpft.
Wir wollen sehn, wie's später wirkt.
TITANIA Irgendetwas machen wir am Ende falsch.
Wenn wir uns zeigen, sind sie nicht begeistert.
Ich hab noch keinem in ein freudiges Gesicht gesehen,
nicht einen Funken meiner Strahlen empfing ich je zurück.
Als brauchte ich nicht zur eignen Stärkung
diesen menschlich-schwachen Widerschein.
Sie gehen dumpf vorüber oder gar: sie ekeln sich,
sie schrein mich an! Ist das denn Lust?
Ist überhaupt Geschlechtlichkeit in ihnen?
OBERON Menschen wissen nichts von Lust.
Sie wissen nichts von der Gewalt,
mit der auf anderen Sternen andere Wesen
zueinander kommen. Von unserer Hochzeit haben sie
nur eine schwache, arme Abart übernommen,
und selbst was sie ein Übermaß an Sinnenfreude nennen, erscheint uns kläglich, stümperhaft, ein geiziger Gebrauch von jener Gabe, die nur durch Verschwendung sich erhält und sich erneuert. Ihr Lustempfinden ist mit unserem so fern verwandt wie dieses Lurchlein dort mit einem Drachen. Nun droht es neuerlich noch mehr zu schwinden und möchte bald schon ausgegangen sein, wenn wir sie nicht zu neuem Drang beleben.
TITANIA Was willst du tun?
Mehr, als dich zur Schau zu stellen,
in plötzlich-ungemilderter Gestalt,
vermagst du nicht hierunten.
Deine Kräfte sind gebunden.
Überirdisch handeln ist unmöglich.

Wir stecken schon zu fest in dieser
allzu bodenständigen Mission.

OBERON In sovielen Gesichtern erkenn ich die Not
und seh, was sie nicht sagen können:
daß wir sie endlich zu sich rufen sollen.
Ich weiß, ich spür's, bald sind sie reif für uns.
So gründlich hat Bewußtsein und Geschäfte
ihren Trieb verdorben, daß mancher
schon sich hilfeflehend an die alten Götter wendet.
Und wir – wir wollen doch die ersten sein,
die hier die tiefbegrabnen Wünsche wecken
und überfrorene Nüchternheit zerschmelzen.
Denn wenn es glückt und wir erreichen sie,
solang sie sich noch regen,
dann werden wir am Ende hoch verehrt
und tragen schöneren Lohn davon als andere,
die dann gewiß bald nach uns kommen

TITANIA Und stehen länger nicht als Gruselpaar
im Busch, 'ne frierende Erscheinung,
strafversetzt wie eine unzüchtige Erzieherin,
verflucht, sich ewig zu entblößen,
ohne jemandem zu gefallen

OBERON Nur: üb noch Geduld, Titania.
Aus mündigen Bürgern über Nacht entspringen
keine Troubadoure und König Salomonis Lüsternheit
erweckt man nicht im Fahrschullehrer.
Doch hoffe ich, fürs erste, daß ihrer viele
sich einmal noch verwirren lassen,
und wir, wenn ihre matte Seele etwas glänzt,
uns endlich darin spiegeln können.
Ich brauch es doch wie du und kann
den süßen Widerschein nicht länger entbehren –

TITANIA Still! Wer kommt?

OBERON Dein Schwarzer Junge kommt, Titania.
Und Cyprian, der Künstler, läuft ihm hinterher.

TITANIA Dein lästiger Künstler soll verschwinden, Oberon, soll meinem Freund nicht dauernd folgen!

Von links kommt der SCHWARZE JUNGE, *im Overall der Parkreinigung. Er führt einen kleinen Kehrwagen bei sich, in den er Unrat sammelt. Hinter ihm* CYPRIAN, *ein etwa sechzigjähriger Mann in grauem Arbeitskittel. Er hat eine hohe Stirn, ein hageres Gesicht, festes, gekräuseltes Haar.*

CYPRIAN Norman! Kekou!
Hast du Zeit für mich?

SCHWARZER JUNGE *steht starr und schüttelt den Kopf.*

CYPRIAN Wann?

SCHWARZER JUNGE *zuckt mit den Schultern.*

CYPRIAN Willst du mich nicht besuchen?
Du hast es doch versprochen.

Der SCHWARZE JUNGE *geht hinter der Hecke ab.*

CYPRIAN Was kann *sie* denn?!
Sie kann weiße Hemden aus der Erde ziehen.
Na gut. Und ich kann Masken baun, ich mach
Figuren, die dir gut gefallen . . . Lauter Dinge,
die du nicht sehen willst. Titania vom Mond!
Bestiehlst einen Bettler, schäm dich!
Und du, der du unbegreiflich schön bist,
hast nicht den Mut, ihr zu sagen,
daß du einen alten Mann immer noch ganz reizend findest!
Täglich gingen wir zusammen
und heute habe ich einen wehen Fuß . . .

Von links kommen das MÄDCHEN *und der* 2. JUNGE *und setzen sich vorn auf den Rand des Sandkastens.*

CYPRIAN Da steht der Busch,
ist schmutzig, kahl und krank –
Was ich seh durch alle Schatten
Was hinter allen Blicken blitzt
Das ist der große Haufen Ratten,
Auf dem der leere König sitzt!
Er geht nach links ab.

2. JUNGE Es gibt ja welche, die wollen einsam sein und haben's nicht gelernt, und es gibt welche, die sind einfach gezwungen, es zu sein. Ich weiß ja nicht, zu welchem Typ du gehörst.

MÄDCHEN Ich will.

2. JUNGE Hm.

MÄDCHEN Was ich überhaupt ganz falsch finde,
ist natürlich, wenn man so tut, als wär nichts.

2. JUNGE Das ist, glaube ich, der falscheste Weg, den man einschlagen kann.

MÄDCHEN Oder wenn man eine Kreuzfahrt macht.

2. JUNGE Au!

MÄDCHEN Man denkt zwar, da bin ich immer unter Leuten.

2. JUNGE Grausam.

MÄDCHEN Tja. Man ist zwar dauernd unter Leuten, aber man stolpert auch dauernd über seine eignen Probleme, die man mit denen hat.

2. JUNGE Wenn du mal echt nicht weiter weißt,
dann gehst du ein halbes Jahr nach Finnland,
rauf in den hohen Norden, nur so 'ne kleine
Blockhütte mit Sauna, ganz allein.

MÄDCHEN Da gibt's zuviele Mücken.

2. JUNGE Kommt drauf an.

MÄDCHEN Man will nicht dauernd um sich schlagen.

2. JUNGE Es gibt natürlich für Leute wie unsereins, ob sie nun in Finnland sitzen oder sonstwo, immer ein waches Problem, und es hat überhaupt keinen Zweck, da drum herum zu reden, das ist die menschliche Sexualität.

MÄDCHEN Hm. Na ja. Weiß nicht.

2. JUNGE Nein: ehrlich sein! Absolut ehrlich. Du weißt ja selbst am besten, wo dich der Schuh drückt.

MÄDCHEN Ich bin ehrlich.

2. JUNGE Kein bißchen.

MÄDCHEN Es ist doch komplett unmöglich, daß du weißt, ob ich ehrlich bin oder nicht.

2. JUNGE Ich bin vom gleichen Schlag wie du. Ich kenn jeden Trick.

MÄDCHEN Dann müßtest du auch wissen, daß ich mit keinerlei Tricks arbeite.

2. JUNGE *steht auf.* Na ja. Hat keinen Zweck. Du möcht ich nicht sein, wenn ich mit mir allein wär. Du hast ja von der Einsamkeit noch nicht einmal die Grundbegriffe gelernt.

Sie gehen beide nach links ab. Kurz darauf tritt OBERON *hinter der Hecke hervor, geht zum Zirkusvorhang und reißt ihn auf:* TITANIA *liegt mit dem* SCHWARZEN JUNGEN.

OBERON Was tust du?! Was tust du?!

Der SCHWARZE JUNGE *läuft weg.*

Zerstörst das Bild, zerstörst den Schein . . .

Komm her! Steh auf!

TITANIA Du! Du willst nur Ruhm, Altare von den Menschen. Sperrst mich in dies Gerippe ein und läßt mich leiden. Ich will nach Haus. Ich will in meine freien Flure heim!

OBERON *packt sie im Nacken.*
Du sollst erscheinen können,
nicht dich untermischen.
Du bleibst nicht mehr Titania vom Mond,
verlierst von deiner nächtlichen Gewalt,
wenn du dich so gewöhnst an unvollkommne Liebe!
TITANIA Ja, mein Oberon. Tu mir nicht weh.
Von links kommt der 1. JUNGE.
OBERON Zerstörst das Bild und spaltest unseren Glanz,
worin allein sich unsere Macht bewahrt –
Titania entwischt Oberon, läuft zum JUNGEN.
TITANIA Können Sie mir bitte sagen, wie spät es ist?
Der 1. JUNGE *zeigt seine Armbanduhr, Titania ergreift seine Hand, küßt sie.*
TITANIA Auf dich hab ich gewartet, auf dich!
Nimm mich mit! Nimm mich mit!
OBERON Halten Sie sie!
So ist sie nun.
Das geht vorüber.
Danke sehr.
Der 1. JUNGE *geht nach rechts ab.*
TITANIA Ich hab genug!
Ich weiß Bescheid.
Ich bin herumgekommen.
Nur der Tod kann mehr erzählen.
Ich will nach Haus . . .
Wo sich alles löst und wir verständigt sind.
OBERON *setzt sie auf den Sandkastenrand.*
Hör mir gut zu, Titania!
Wir kehren heim, nicht wann wir selbst
es wollen, jedoch sobald sich Augen öffnen,
müde Menschensinne, erfüllt von unserem Bild,

erwachen und erst wenn ihre Lust gerettet ist,
dann sind auch wir entbunden von dieser lästigen
Verkörperung (dann freilich wird es hier nicht enger
sein als drüben in den Feen- und Geistergründen,
und du gebietest über ein noch weiteres Reich . . .)
Solang du nicht geduldig neben mir
als Vorbild dienst und heilige Werbung,
unberührt und sagenhaft, und froh! –
solang du nicht von diesem Schwarzen Jungen läßt,
der meinem Diener Cyprian gehört,
doch ihn nur hinhält und verwirrt, durch Kälte,
falschen Stolz ihn peinigt statt ihn zu erfreuen –
denn Eitelkeit und müde Kälte,
die du in ihm begünstigst,
sind sie nicht hierzuland die ärgsten Feinde
unserer Mission?

TITANIA Ja, mein Oberon.

OBERON So hör auf mich: zieh deinen Einfluß
ab von diesem Jungen und übergib ihn mir;
ich will ihn dann zu ernster Leidenschaft erziehen
und meinem Cyprian zum Lohn für seine Dienste
schenken.

TITANIA Ja, mein Oberon.

OBERON Ja sagst du immer und tust das Gegenteil.
Nicht ich bin an der Kälte schuld
und daß der volle Mond niemanden mehr
mondsüchtig macht, die heiße Sommernacht
keinen Liebenden mehr zur Verrücktheit treibt –
wohl, kein Mangel ist jetzt an Verrückten,
doch jeder stöhnt und brüllt um seine eigne
Wenigkeit, wer würde noch verrückt nach einem anderen? –

Von rechts kommt der 3. JUNGE.

OBERON Nein, teure Gattin, es ist allein,
weil wir uns immer streiten,
und weil wir gar nicht einig sind,
so können wir auch niemandem gefallen.

TITANIA *müd, unwillkürlich.* Hallo! Wie spät ...?

3. JUNGE Es ist jetzt –

OBERON Nein! Nichts! Still!

TITANIA Auf dich hab ich gewartet, auf dich ...

Der JUNGE *nach links ab.*

OBERON Nach der Zeit?
Was fragst *du* nach der Zeit?!

TITANIA Ich möcht sie wissen.

OBERON Du brauchst die Zeit nicht wissen!

TITANIA Doch. Muß es lernen.

Sie steht auf.

OBERON *für sich.* Alle Worte sind umsonst ...

TITANIA Der Tag graut. Die Seen in meinem
Tannenwald blicken jetzt schon munter
aus der Erde. Dann suchte ich mein Moosbett auf
und Elfen sangen mich in Schlaf ...
Nun streck ich mich auf eine harte Bank
und meine Melodie sind Notsirenen, Unfallhörner.
Leb wohl. Bis auf eine beßre Stunde.

Sie geht nach hinten ab.

OBERON Verschwinde nur. Ich weiß dich wohl noch
umzustimmen. Du bringst mich nicht um meinen
Ruhm, und deinen Eigensinn verlierst du bald.
Ich will mit anderen Mitteln, als sie
von deinen Elfen, Feen und Blütengeistern
angewandt, deine Frechheit zügeln und
deinen Willen nach dem meinen lenken.

Dir werd ich eine nützliche Tortur verschaffen.
Er tritt von der Rückseite an seinen Platz in der Holunderhecke.

OBERON *ruft.* Cyprian! ... Cyprian!
CYPRIAN *kommt schlaftrunken und legt sich unter die Hecke.*
Cyprian, hörst du mich?

CYPRIAN *im Schlaf.* Ja.

OBERON Es ist soweit. Jetzt fordere ich dein Meisterstück.

CYPRIAN Die Angst ... die Angst ...

OBERON Bist du ein Künstler?

CYPRIAN *zuckt die Schultern.*

4. Szene
(›Es stimmt‹)

Auf der linken Bühnenseite ein zweistufiges Podest. Oben: bei HELEN *und* GEORG. *Unten: Tisch in einem Café.*

Im Café. Die beiden Freunde.

GEORG Reden wir nicht über Belanglosigkeiten.
Vor kurzem habe ich dir Helen vorgestellt.
Welchen Eindruck hattest du von ihr?

WOLF Helen. Ja.
Was macht sie? Wer ist sie?

GEORG Das weiß ich nicht. Ich bekomme es auch nicht heraus. Sie lügt. Sie lügt wie ein glückliches Kind. Vor anderthalb Jahren kam sie zu mir ins Büro. Sie war eine Scheinehe mit einem Libanesen eingegangen und ließ sich dafür bezahlen, daß sie dem Mann zu einer Aufenthaltsgenehmigung verhalf. Dann reichte sie die Scheidung ein, um wieder frei zu sein für ein nächstes Geschäft dieser Art. Ich kümmerte mich um sie, als Anwalt. Ich half ihr, sich von diesem organisierten Ehehandel abzusetzen. Sie ist Deutsch-Amerikanerin. Ihre Mutter lebt noch in den Staaten.

WOLF Ihr liegt weit auseinander, will mir scheinen.

GEORG Du meinst: du hättest Bedenken, wenn ich sie heirate?

WOLF Du weißt, einen guten Freund soll man immer in seinen Neigungen unterstützen, ganz gleich wohin sich die Liebe verirrt. Aber nein! Was dich und Helen betrifft, so meine ich, daß es eine große, eine lohnende Aufgabe ist, füreinander da zu sein . . .

GEORG Eine Aufgabe nennst du das? Das klingt aber sehr skeptisch.

WOLF Du kennst mich, Georg. Wir brauchen nicht weiter darüber zu reden.

GEORG Nein.

Bei Helen und Georg. Die Frau und der Mann.

HELEN Du hast Wolf getroffen, nicht?

GEORG Ja.

HELEN Bedrückt dich etwas?

GEORG Nein. Nichts.

HELEN Was hält er denn von uns, dein Freund?

GEORG Nun, er wünscht uns viel Glück.

HELEN Soll das ironisch sein oder ist das der Ton unter euch?

GEORG Nein. Gar nicht ironisch. Bitterernst.

HELEN Hast du nicht herausbekommen, wie er wirklich über uns denkt?

GEORG Du meinst: über dich, wie er über dich denkt?
HELEN Ja doch!
GEORG Er hat mich vor einer Ehe mit dir gewarnt.
HELEN *erschrickt.* Ah!
GEORG Wenn er seinem Instinkt folge, meint er, so müsse er mir abraten.
HELEN Und was bedeuten dir seine Warnungen?
GEORG Du wirst verstehen, wenn ein guter Freund wie Wolf so etwas sagt, kann es mich nicht ganz gleichgültig lassen.
HELEN Nicht ganz gleichgültig . . . Und *dein* Instinkt?
GEORG *zuckt die Schultern.*
HELEN Das verstehe ich nicht, Georg. Das verstehe ich jetzt nicht ganz . . .

Im Café. Der Freund und die Frau.

HELEN Warum redest du schlecht über mich? Du kennst mich doch gar nicht.
WOLF Ich habe niemals schlecht über dich geredet.
HELEN Du hast Georg gewarnt vor mir.
WOLF Was habe ich getan?! Das Gegenteil ist wahr: beglückwünscht habe ich ihn zu seinem Entschluß, sich endlich zu binden.
HELEN Er sagt aber, du seist der Meinung, daß wir überhaupt nicht zueinander gehören.
WOLF Dann lügt er. Nichts dergleichen habe ich gesagt. Ich gebe zu, da ist etwas, worüber ich nicht mit ihm gesprochen habe. Worüber ich nicht mit ihm sprechen kann. Aber dir will ich es nicht verschweigen. Du bist, auch in meinen Augen, eine sehr begehrenswerte Frau. Wenn du es denn hören willst: ich bin eifersüchtig auf Georg.

HELEN Ach so –
Ist das wahr?

Bei Helen und Georg. Die Frau und der Mann.

HELEN Georg! Ich habe mich mit deinem Freund Wolf getroffen.
GEORG So?
HELEN Er sagt, ihr kennt euch schon von der Universität?
GEORG Ja. Das stimmt.
HELEN Weshalb ist er dann Fahrlehrer?
GEORG Weil ihm eine Fahrschule gehört. Er hat Examen in Geschichte gemacht und eines Tages den Betrieb seines Vaters übernommen.
HELEN Es ist wahr: er kann mich nicht leiden.
GEORG Ah! Was sagt er denn?
HELEN Er glaubt, daß ich nicht die Richtige für dich bin.
GEORG Und das sagt er dir geradeheraus ins Gesicht?
HELEN Er wird mit allen Mitteln versuchen, dich, seinen besten Freund, vor einem schlimmen Irrtum zu bewahren. Ich hasse ihn.
GEORG Nein. Das mußt du nicht. Natürlich, es ist ja auch sehr schwierig, ein solch empfindliches Verhältnis unter drei Menschen, die –
HELEN Drei? Hat er nicht Helma? Hat er nicht seine eigne Frau?
GEORG Ja, Helma. Das ist doch ganz etwas anderes. Er fühlt sich eben besonders stark zu uns hingezogen.
HELEN Zu mir nicht. Zu dir.
Ich glaube, du wirst dich entscheiden müssen.
Entweder er oder ich.

GEORG Das wird wohl kaum die Frage sein.

HELEN Nein? Bist du schon entschieden?

GEORG Wolf ist mein bester Freund und dich liebe ich. Was hat das miteinander zu tun?

HELEN Viel. Sehr viel. Er akzeptiert mich nicht und ich akzeptiere ihn nicht. Also geht ein Riß durch dein Herz.

Im Café. Der Mann und der Freund.

GEORG Du hast mir nie gesagt, was du von Helen wirklich hältst!

WOLF Aber du hast es offenbar geahnt. Du hast ihr doch erzählt, daß ich sehr wenig von ihr halte.

GEORG Und das tust du wirklich?

WOLF Ich hatte Gelegenheit, sie etwas genauer kennenzulernen. Ich glaube, sie paßt doch sehr gut zu dir.

GEORG Wie meinst du das?

WOLF Ich meine, daß ihr bald heiraten solltet.

GEORG Ist das dein Abschiedswort an mich?
Ich werde sie nicht heiraten, wenn darüber unsere Freundschaft in die Brüche geht.

WOLF Du möchtest also, daß ich deine Frau bewundere und gleichzeitig dein bester Freund bleibe?

GEORG Wolf, sieh, du hast auf der einen Seite Helma und dein geordnetes Zuhause. Auf der anderen Seite, hier bei uns, bei Helen und mir, findest du den nötigen geistig-seelischen Ausgleich.

WOLF Ich gehöre also zur Familie?

GEORG Natürlich. Du gehörst zu uns. In gewissem Sinne. Zu einem Teil.

WOLF Ist das auch Helens Meinung?

GEORG Selbstverständlich. Sie hat mich ausdrücklich gebeten, dir ihre Freundschaft anzutragen, die der meinen ebenbürtig sei.

Im Café. Der Freund und die Frau.

WOLF Warum bist du so falsch und läßt mir durch Georg deine »Freundschaft« antragen?

HELEN Ah!
Ich habe das nicht getan.

WOLF Welche Gefühle, glaubst du, hege ich für dich? Freundschaftliche?

HELEN Das weiß ich nicht. Ich weiß nur, daß du im tiefsten eines willst: Georg und mich auseinandertreiben.

WOLF Habe ich dir nicht bei unserem letzten Treffen meine wahren Gefühle erklärt? Du bist ein zweites Mal gekommen –

HELEN Ich bin ein zweites Mal gekommen und möchte dich bitten, mich von nun an mit meinem Mann allein zu lassen.

WOLF Dein Mann ist aber nicht bereit, auf die Freundschaft mit mir zu verzichten. Und wenn du Georg wirklich liebst, dann wirst du dies auch nicht von ihm verlangen.

HELEN Ich kann nicht mit Georg *und* seinem besten Freund verheiratet sein.

WOLF Dazu wird es nicht kommen.

HELEN Weil du uns vorher auseinandergetrieben hast!

WOLF Nein! Im Gegenteil. Gerade indem ich alles tun werde, um mir Georgs Freundschaft zu erhalten, werdet ihr umso heftiger zusammen sein.

HELEN Was heißt ›alles tun‹?

Wolf Es heißt, zum Beispiel, ich begehre dich, weil Georg sich nichts sehnlicher wünscht, als daß ich dich begehre.

Helen Sein Wunsch kann dein Gefühl nicht sein.

Wolf Ich denke doch. In den Augen und wohl auch in den Armen eines Ehemanns erhöht sich schließlich der Wert seiner Frau – ich spreche einmal vom Herzen wie von der Börse – in dem Maße, wie sie seinem besten Freund gefällt. Und er vergilt's dem Freund dann mit vertiefter Zuneigung. Diese wiederum stützt das Begehren, das der Freund der Frau entgegenbringt.

Helen Das Herz ist nicht die Börse.
Was willst du von mir?

Wolf Was für eine Frage!

Helen Hättest du mich auch begehrenswert gefunden, wenn du mich allein und nicht in Begleitung von Georg getroffen hättest?

Wolf Kaum.

Helen Deine Art ist zynisch und abstoßend.
Du bist kein guter Freund.

Wolf Du wirst bald lernen, daß ich ein guter Freund nur sein kann, wenn ich dich von nun an mit allerlei Geflüster und der ein oder anderen gezielten Zärtlichkeit verfolgen darf.

Helen Ich werde nun in die Lage versetzt, Georg vor dir zu warnen.

Bei Georg und Helen. Der Mann und die Frau.

Helen Übrigens: vor kurzem habe ich Wolf getroffen.
Ich finde, daß er ein ausgesprochen faszinierender Mann ist.

GEORG Ah! Siehst du. Es hat also doch etwas genützt.

HELEN Was hat etwas genützt?

GEORG Ich muß dir gestehen: ich habe mir eine kleine Unaufrichtigkeit herausgenommen. Ich habe ihm, ohne daß du mich dazu ermächtigt hättest, deine Freundschaft angetragen. Da ist er dir natürlich sehr entgegengekommen.

HELEN Seems to me you like doing things behind my back, now and then . . .

GEORG Aber! Wenn's letztlich doch zu unser aller Bestem ist! Wolf geht jetzt für dich durchs Feuer. Und du findest ihn sogar, na, ›ausgesprochen faszinierend‹. Und zwischen ihm und mir ist ohnehin alles in bester Ordnung.

HELEN Ohnehin . . . Und zwischen dir und mir?

GEORG Gibt es nichts, was uns stören könnte!
Es sei denn, du empfändest anders . . . Aber, nicht wahr, wenn zwischen dir und ihm alles stimmt und wenn zwischen ihm und mir alles stimmt, dann liegt es doch in der Logik der Gefühle, daß auch zwischen dir und mir –

Dunkel

Akt II

1. Szene

In Cyprians Atelier. Ein langer Arbeitstisch. Rechts ein altes Sofa. Dahinter Teile von großen Masken und Pappmachéskulpturen. Auf der Arbeitsplatte: ein Bernsteinblock, Bienenwachs, Erde, Mikroskop, Pinzetten, Schab- und Schnitzinstrumente, Lupe, Bandmaß und andere Meßinstrumente.
CYPRIAN *in grauem Arbeitskittel und Jeans hält in der Hand eine winzige Statuette und zeigt sie* WOLF.

CYPRIAN Ziemlich verrückt, wie? *Er lacht.*
WOLF Mir erscheint sie wie lebendig. Wie eine Heilige!
CYPRIAN *bückt sich und holt unter dem Teppich zwei weitere Figürchen hervor.*
CYPRIAN Ganz kleine Leute, wie?
WOLF Geschöpfe!
CYPRIAN Miß miß miß, sagt er. Miß miß miß!
Was sollte ich messen? Ich nahm mein Meterband und maß alles, was mir in den Weg kam. Seine Befehle hetzten mich. Und ich merkte, daß ich immer kleinere Proportionen ausmaß.
WOLF Warum verstecken Sie die Figuren unter dem Teppich?
CYPRIAN Ich verstecke sie ja nicht. Die wollen dahin.
WOLF Es könnte jemand drauftreten –
Woraus sind sie? Was ist das für ein Material?
CYPRIAN Die da, das ist Erde. Saurer Boden mit Bienenwachs. Und das ist Gagat. Polierte Kohle. Daraus hat man früher Amulette gemacht.

WOLF Merkwürdig. Sehen sie nicht aus, als wären es Verwandte der minoischen Terrakottapuppen? Die gleiche ursprüngliche Lebensfreude.

CYPRIAN So? Kann sein. Mach was, sagt er, mach was, Cyp. Ich geb dir die Puste, ich geb dir das Augenmaß und du hältst dich ran. Ganz kleine Leute, verstehen Sie? Lauter Butzen und Wichtel, die den Katholen Löcher in die Präservative bohren und den Mädchen Pfeffer unter den Bürostuhl streun. *Er lacht.* Ich hab ja früher diese Riesenpapiermachés gemacht. Riesengroß, Riesendinger. Jetzt sagt er: mach mal was Klitzekleines, woll'n mal sehen, ob das den Leuten nicht besser gefällt.

WOLF Wer sagt das?

CYPRIAN Oberon.

Er zeigt eine weitere Figur.

WOLF Fantastisch.

CYPRIAN Die heißt: ›Das Mädchen mit den zerknicksten Knien‹. Hat zuviele Knickse gemacht, die Kleine, vor jedermann. Jetzt humpelt sie.

WOLF Die Bewegung, die Haltung – vollkommen so, als würde sie gleich in meiner Hand loskrabbeln.

CYPRIAN *reicht eine Lupe* Sehen Sie! Sehen Sie!

WOLF Ihre Augen – man kann sogar ihre Augen erkennen. Da haben Sie etwas Unheimliches geschaffen.

CYPRIAN Lauter Dämönchen, wie? Ja ja.
Was meinen Sie: ob das den Leuten gefällt?

WOLF Was fragen Sie danach? Das braucht Sie doch nicht zu kümmern, ob es den »Leuten« gefällt oder nicht.

CYPRIAN So. Na, ich frag mich schon, ob's gefällt oder nicht. Man will doch Freude bringen. Ich denk ja oft – zum Beispiel hör ich beim Schnitzen gern ›Rosen aus dem Süden‹ oder ›An der schönen blauen Donau‹, da hat sich der Walzerkönig doch bestimmt gefragt: könnte das nicht der Gesellschaft gefallen? Oh, das wird der Gesellschaft bestimmt gefallen! Hört euch das an! Na bitte: ein Geschenk vom Künstler!

WOLF Der Walzerkönig, nun. Aber Sie sind ein Figurenmacher. Sie schaffen etwas Stilles, Strenges für wenige Leute.

CYPRIAN Figurenmacher? Ist es nur das?
Das lohnt dann die Mühe nicht.

WOLF Warten Sie! Ich möchte diese Statuette haben. Ich möchte sie kaufen. ›Das Mädchen mit den zerknicksten Knien‹. Ich will sie jemandem zur Hochzeit schenken. Eine Frau, die ich liebe, heiratet einen anderen.

CYPRIAN So. Dann nehmen Sie lieber nicht das Mädchen. Dann nehmen Sie, hier, die lüsterne Titania, die Mondfee. Bei der gehen Sie auf Nummer Sicher, daß sie's mit der Ehe nicht so genau nimmt, Ihr Schwarm . . .

WOLF Sie ist herrlich. Sie ist schöner als alle anderen. Was hat sie im Haar? Blumen?

CYPRIAN Blumen? Knäckebrot, Dosenmilch, Mohrenköpfe, Kartoffelchips. Titania ist ein Aas. Sie geht viel unter Menschen. Mittags, im Supermarkt, wenn's nicht so voll ist, die Waren braucht sie bloß antippen, dann folgen sie ihr von selbst und schweben wie Planeten um ihren Kopf. ›Können Sie denn keinen Wagen nehmen?‹ muffelt die Kassiererin. Mit der sind Sie gut bedient. Ich schwör's Ihnen: die und keine andere.

WOLF Ja. Ich nehme sie.

CYPRIAN *für sich.* Ein Aas! Sie tut mir weh. Sie quält mich oft . . .
laut Na! Sehen Sie, Ideen muß man haben.

Manchmal quetscht man sich wochenlang das Hirn aus, und dann hustet man bloß, und die Idee ist da.

2. Szene

Im Park. TITANIA *vor dem Zirkusvorhang, der* SCHWARZE JUNGE *sitzt auf dem Sandkastenrand vor ihr.*

TITANIA »Begehre nicht, aus diesem Wald zu fliehn;
Du mußt mit mir durch meine Flure ziehn.
Ich bin ein Geist von ganz besondrer Art;
Ein ewiger Sommer strahlt auf meinen Staat.
Und sieh, ich liebe dich! drum folge mir
Ich gebe Elfen zur Bedienung dir;
Sie sollen Perlen aus dem Meer dir bringen
Und, wenn du leicht auf Blumen schlummerst, singen.
Ich will vom Erdenstoffe dich befrein,
Daß du so luftig sollst wie Geister sein.
Senfsamen! Bohnenblüte! Motte! Spinnweb!
Sie zieht vier weiße Hemden aus der Erde. Von rechts kommen OBERON *und* CYPRIAN *und beobachten die Szene aus einiger Entfernung.*
TITANIA Gefällig seid und dienstbar diesem Herrn.
Hüpft, wo er geht, und gaukelt um ihn her;
Sucht Aprikos' ihm auf und Stachelbeer;
Maulbeeren gebt ihm, Feigen, Purpurtrauben.
Ihr müßt der Biene Honigsack ihm rauben;
Entreißt als Kerze ihr ein wächsern Bein
Und steckt es an bei eines Glühwurms Schein
Zu leuchten meinem Freund Bett aus und ein.
Von bunten Faltern müßt ihr Flügel leihn

Zu fächeln ihm vom Aug den Mondenschein.
Nun, Elfen, huldigt ihm und neigt euch fein.«

OBERON Dort träumt Titania in traurigem
Exil von ihrem sommerlichen Staat
und spielt vor deinem Mohrn das süße Stück
von der vernarrten, armen Eselsbraut.

CYPRIAN Ich nehme an, daß sie hier und heute
ihre Abschiedsvorstellung gibt.

OBERON Mag sie noch tausendmal Gehorsam schwören,
sie rennt doch allen Uhren hinterher
und mischt sich unter, wie es eben kommt.
Sie kann nicht anders; dies Land verträgt sie schlecht.
Erdströme stören ihren geraden Sinn.

CYPRIAN In mir faucht alles gegen sie!

OBERON Dann zeig, ob deine Kunst und Oberons Geist
sich gut vertrugen, ob sie ein sichres Mittel
schufen, wunderbar genug, um diese wilde Hoheit
ruhig zu stellen und sie für kurz,
zum Schock, in eine ferne Zeit zu bannen.

Von rechts kommt Höfling, schiebt einen leeren Einkaufswagen vor sich her und bleibt etwa auf der Höhe des Sandkastens stehen.

TITANIA »Kommt, führt ihn hin zu meinem Heiligtume.
Die Möndin, scheint's, trägt eine Trän' im Auge,
Und wenn sie weint, weint jede kleine Blume,
Denn Vergewaltigung ist irgendwo im Gange . . .«

Sie schiebt den SCHWARZEN JUNGEN *hinter den Vorhang und läuft zu* HÖFLING.

TITANIA Können Sie mir bitte sagen,
wie spät es ist?

HÖFLING *ohne sich zu ihr umzudrehen.*
Es ist genau –

TITANIA Auf dich hab ich gewartet, auf dich!
Jede Ferne, der ich mir bewußt,
nutzt' ich, um Ausschau zu halten,
auf Zehenspitzen, nach dir!
HÖFLING *verlegen belustigt.* Tja . . .
TITANIA Warum kommst du nicht mit in mein Reich?
Übern Park, übern Zaun, durch Fluß und Feuer!
HÖFLING Tja . . .
TITANIA Wo wohnst du?
HÖFLING Heimeranstraße acht.
TITANIA *wie in einer fremden Sprache.*
»Was-ist-noch-in-der Tief-kühl-truhe?«
HÖFLING *flott.* In der Tiefkühltruhe ist noch
Hühnerklein, Pizza, Honigeis.
OBERON Jetzt!
CYPRIAN *versucht* TITANIA *ein Amulett umzulegen.*
CYPRIAN *zu Höfling.* Die Arme! Halten Sie die Arme!
Er legt ihr, die sich mit dem Kopf noch heftig wehrt, das Amulett um. Dann wird sie ruhig und steht schließlich unbewegt.
OBERON *für sich.* Nun ja. Es wirkt.
Dies Kunststück läuft gewiß
auf eine stattliche Vermehrung meiner Traurigkeit
hinaus . . .
CYPRIAN Für Ihren Einsatz danke ich Ihnen.
HÖFLING Kein Danke, Cyp.
Mir schlug das Herz bis hier –

3. Szene

Hochzeitstag. Podest, weiße Rückwand mit grüner Girlande. Eine Blumensäule, auf der angestrahlt die Titania-Statuette steht. HELEN *im Brautkleid,* GEORG, WOLF, HELMA *stehen im Halbkreis hinter der Säule. Auch während sie reden, bleibt ihr Blick oft auf die Figur gerichtet.*

HELEN Mein Gott, wie niedlich!
GEORG Nichts Niedliches dran.
HELEN Niedlich, doch. Wahnsinnig niedlich.
How cute she is! A sweet little darling!
Such a refined little lady! What's her name?
HELMA Ist keine sie.
GEORG Doch.
WOLF ›Das Grauen‹.
HELEN Wie?
GEORG Das Morgengrauen.
WOLF Nein. Das Grauen wie ›es graut mir‹. Das Fürchterliche.
GEORG Sieh an. Ein passendes Hochzeitsgeschenk.
WOLF ›Das Grauen. Titania im Tatzenland‹, so heißt es.
HELEN Wie sie funkelt, wie sie blitzt!
WOLF Ich habe ein wenig gezögert, wegen des düsteren Titels, natürlich. Aber es war bei weitem die interessanteste Arbeit, die ich in seinem Atelier fand. Ein wirklich ausgereiftes Kunstwerk.
HELMA Ein Kunstwerk? Das Püppchen? Ist doch kein Kunstwerk.
HELEN Es ist jedenfalls etwas zum Liebhaben.
Ein Glücksbringer. Ein Talisman.
WOLF Nein, Helen, entschuldige: es ist ein modernes Kunstwerk. Der Künstler hat diesen Stil der Mikro-Miniatur als erster erfunden. Es ist etwas sehr Kostbares. Verdammt nochmal.
GEORG Typisch, daß diese kleinen Dinger jetzt derart in

Mode kommen. Ein Kollege trägt's sogar bei Gericht als Amulett um den Hals.

WOLF Aber nein. Das verwechselst du. Solch eine Figur bestimmt nicht.

GEORG Das verwechsle ich durchaus nicht. Es ist *das* Geschenk der Stunde. »Das Ding«, so nennen sie's hinter vorgehaltener Hand. Halb spötteln sie, halb schwörn sie drauf.

WOLF Willst du behaupten, ich hätte Helen zur Hochzeit ein Kitschsouvenir aus irgendeinem Sektenshop geschenkt?

GEORG Das behaupte ich doch gar nicht. Es war sicher sehr teuer. Aber diese Dinger findest du überall. Es grassiert.

HELMA Talismänner.

WOLF Talismane.

GEORG Was haben wir nicht schon für Modespielzeug miterlebt: Jo-Jo und Hula-Hopp, Skateboard, Walkman und der Würfel – jetzt kommen diese kleinen Fruchtbarkeitsdämonen auf den Markt. Für mich ist das nur zu typisch.

WOLF Was soll denn daran typisch sein?

GEORG Typisch, ja. Alles was wirksam ist heutzutage, in Technik und Wirtschaft, alles was dynamisch ist, das ist klitzeklein. Kompakt, winzig, daumennagelgroß. Alles wird klein und immer kleiner. Das ist der Stil der Zeit. Mikroelektronik, Mikrofilm, Mikrokunst.

WOLF *zu Helen.* Der pure Unfug, den er dir da erzählt.
Glaub ihm kein Wort, bitte! Sieh sie dir an.
Spürst du den Sog, der von dort kommt? Übers
Meer führt eine Mondscheinstraße . . .

HELEN *zu Georg.* Sollte ich beschreiben, wie mir zumute

ist, am heutigen Tag, so würde ich ein altes Wort gebrauchen: I dote on you, my love. Kindisch bin ich, blind in dich vernarrt.

GEORG Und ich in dich. Doch Vorsicht, Liebste! Daß wir nicht als zwei schafsköpfige Narren morgen früh erwachen, die sich nicht wiedererkennen.

HELEN Ich vertraue sehr, mein Mann, daß du mich wohl behütest und auch wachst, wenn ich mich ganz verlier.

HELMA Vorm Schlimmsten wird euch sicherlich
gesunde Müdigkeit bewahren.

GEORG Willst du's dir, bis zur Abendfeier,
nicht bequemer machen und dein Brautzeug ablegen?

HELEN Ich lauf in meinem Traumkleid rum,
bis es vor Schmutz so starr ist wie ein Niggerbastard.

HELMA Holla. Jetzt geht's aber los.

WOLF *zu Helen.* Verzeih –

HELMA Was ist denn?

WOLF Verzeih, Helen –

HELMA Was ist denn?

WOLF *brüllt.* Ruhe!
Verzeih, bitte, es ist mir ein bißchen peinlich,
wenn dich der Titel so stört, »Das Grauen« –
es war nicht meine Absicht, dich zu erschrecken.

HELEN Aber ich liebe es! Ich liebe es!

4. Szene

Im Park. TITANIA, *verwandelt in die ›Frau aus einer anderen Zeit‹. Enges Straßenkostüm, Glockenrock, flaches Blumenhütchen im Haar. Sie steht steif und blickt angstvoll wie ein gefangener Vogel. Die* DREI JUNGEN *und das* MÄDCHEN *stehen um sie herum.*

1. JUNGE Aus was für'n Zoo bist du denn ausgebrochen? Du bist ja ganz was Hübsches.

2. JUNGE Aus'm Museum kommt die.

3. JUNGE Kannst du nicht sprechen? Wo kommst du her? Bist du nicht von hier?

TITANIA *macht ihre – gleichsam angeborene – Armbewegung, als wollte sie den Mantel öffnen, um sich zu zeigen.*

2. JUNGE Wie heißt du?

MÄDCHEN Sie versteht uns nicht.

1. JUNGE Wahrscheinlich hört sie uns nicht mal.

3. JUNGE Wie du heißt?!

1. JUNGE *ruft* Hörst-du-uns?

MÄDCHEN Sie ist nicht von heute.

3. JUNGE Nicht ganz von heute, wie?

1. JUNGE Wenn sie nicht von heute ist,
dann soll sie uns mal erzählen,
wie es früher wirklich war.

3. JUNGE *schnippt mit dem Finger an Titanias Wange.*
Na, sag schon.

2. JUNGE Sie sagt nichts, sie hört nichts, sie spürt nichts.

MÄDCHEN *drückt ihren Plüschhund in Titanias Hände.*
Sie kann nicht mal den Hund halten.
Sie kann nichts festhalten.

3. JUNGE *stopft ihr den Kopfhörer seines Walkman in den Mund.*
Vielleicht schmeckt sie was.

1. JUNGE *wirft ihr eine leere Bierdose an den Kopf.*
Vielleicht denkt sie was.

2. JUNGE Hej, du, Lady vom anderen Zeit-Stern!

3. JUNGE *reißt ihr den Kopfhörer aus dem Mund.*
Mach mir meine Sachen nicht kaputt!
Sau! *Er tritt nach ihr.*

MÄDCHEN *singt vor.* Viele Leute sind im Park ...

DIE DREI JUNGEN *im Chor.* Ja, im Park sind viele Leute da.

Alle vier tanzen um Titania und singen.

3. JUNGE Von wann stammst du denn? Du Vergangenheitsschreck!

MÄDCHEN Früher!

3. JUNGE Du Damals-Tante.

MÄDCHEN Noch früher!

3. JUNGE Du Super-Damals-Monster.

MÄDCHEN Noch viel früher!

3. JUNGE Du Asbachkingkong!

1. JUNGE Du hast doch ein Gesicht.
Du bist nicht aus PVC.
Mach's Maul auf, das da, mach's auf!

Der 1. JUNGE *geht, ohne sich aus dem Tanzreigen zu lösen, auf* TITANIA *zu. Sie stößt ihm die flache Hand ins Gesicht. Alle vier fallen auf den Rücken.*

3. JUNGE Das kam von oben.

1. JUNGE Los, weg!

Die Jungens laufen davon. Das Mädchen hockt mit ihrem Plüschhund am Boden.

MÄDCHEN *eintönig.*
Ich bin ziemlich neu hier.
Ich weiß noch nicht, was ich mache.
Ich hab ein ziemlich gutes Gefühl.
Ich geh viel durch die Straßen, aber
ich kenn die Häuser von innen nicht.
Manchmal denk ich, alle anderen sind
total okay, bloß ich renn dauernd
draußen vor der Mauer rum.
Ich spür soviel eigne Kraft sich gegen

mich richten, ich weiß auch nicht warum.
Mein Alter will weg, meine Mutter
fällt von einem Heulkrampf in den anderen
und ich schneid ihm die Autoreifen auf.
Ich geh als Kellnerin, wenn's denn sein muß,
ich arbeite bis zu dem Tag, an dem wieder
alles schiefgeht.
TITANIA *senkt langsam die Hand auf das Haar des Mädchens. In dem Augenblick, da sie es berührt, macht das Mädchen ein schmerzverzerrtes Gesicht.*

5. Szene

Bei WOLF *und* HELMA. *Podest.* WOLF *liegt am Boden, den Kopf in eine Landkarte gehüllt.* HELMA *neben ihm auf einem Stuhl, blickt in den Park. Nachts. Zoogeräusche, Heimchenschrillen.*

HELMA Früher konntest du mir die Sternbilder erklären.
Du wußtest, wo im Großen Hund der Sirius stand,
und was es mit ihm auf sich hatte. Heute?
Du hast alles vergessen. Blickst du eigentlich
manchmal noch hinauf zum Sternenzelt? –
Keine Antwort ist auch eine Antwort.
Wir wohnen auf der Sonnenseite des Parks.
Du brauchst nur wenige Minuten zu gehen
und schon bist du am grünen Flüßchen, in das
du früher einmal so verliebt gewesen bist.
Wie lange warst du nicht mehr dort, hm?
Seit Monaten nicht. Seit Monaten liegst
du jede freie Stunde hier und döst auf
deinen Landkarten herum.

Wolf! Wir können den Park nicht einfach als etwas betrachten, das uns nichts angeht! Hinein müssen wir! Wir müssen mal wieder zusammen hinein! Mein alter Affe . . .

Früher konntest du mir die Französische Revolution wortreich ausmalen. Heute wüßtest du nicht einmal mehr, wann sie stattgefunden hat. Ob überhaupt. Ich meine: es ist soviel wertvolles Gedankengut verlorengegangen. Wir stammen doch beide aus guten Familien. Wie konnte es nur soweit kommen, daß du die Hauptsachen der Weltgeschichte und des Universums nicht mehr weißt. Du könntest bestimmt kein Abitur mehr machen. Du weißt heute weniger als ein Klippschüler.

Wolf Ich habe überhaupt keine Veranlassung,
mich an die Französische Revolution zu erinnern.

Helma Weil sie dir zuwider ist.
Weil dir einfach alles zuwider ist.
Sogar die Sterne. Daher weißt du praktisch nichts mehr. Es ist dir eben alles zuviel.

Wolf Die Sterne sind einem jeden Menschen zuviel.

Helma Und früher? Die ersten Menschen? Die sind doch auch irgendwie damit fertig geworden. Da haben sie Geschichten und Märchen erfunden, damit ihnen das Firmament nicht auf den Kopf fiel.

Wolf Was für ein Tag ist heute?

Helma Dienstag, Mittwoch.

Wolf *springt auf.* Dienstagmittwoch.

Helma Dienstag oder Mittwoch.

Wolf Dann sag es doch. Laß mich nicht immer raten.

Helma Ich weiß es doch selbst nicht genau.

Wolf Es ist kaum möglich, sich mit dir über etwas so

Naheliegendes wie einen gegenwärtigen Wochentag zu verständigen. Wie sollte mich das ermutigen, dir von etwas zeitlich so Entferntem wie der Französischen Revolution zu erzählen.

HELMA Einst konntest du mir die Französische Revolution so zum Greifen nahebringen, als wäre sie gestern geschehen.

WOLF Man verfälscht die Große Französische Revolution, wenn man so tut, als wäre sie gestern geschehen. Sie ist eben nicht gestern geschehen.

HELMA Sondern? Na, wann war's? Wann war's?

WOLF *schweigt.*

HELMA Annodunnemals, wie? Annodunnemals. Deine stehende Redensart.

WOLF Meine stehende Redensart? Seit wann ist das meine stehende Redensart?

HELMA Seit Jahren! Seit Jahren!

WOLF Präzis: seit wann?

HELMA Seitdem du dich nicht mehr auskennst.
Seitdem wir nicht mehr lesen.
Seitdem wir nicht mehr reisen.
Seitdem wir nicht mehr wir beide sind.

WOLF Präzise!

HELMA Seitdem du einmal Desmoulins mit Danton verwechselt hast.

WOLF Aha. Das hast du dir also gemerkt. Das ist also alles, was du dir von der Französischen Revolution gemerkt hast.

HELMA Aber wie sollte ich mir's denn nicht merken?
Wo doch auf den Glockschlag dieses kleinen Patzers jede weitere Erzählung über die Französische Revolution verklungen war.

WOLF Desmoulins mit Danton zu verwechseln, ist nun leider kein kleiner Patzer mehr.

HELMA Herrgott! Was war denn mit den beiden? Erzähl doch mal! Was hatte es denn auf sich mit den beiden, hm? Na?

WOLF Ich habe sie miteinander verwechselt.

HELMA Das ist aber auch alles, das ist aber auch wahrhaftig alles, was du noch weißt von denen – von diesen ... diesen Idioten!

6. Szene

Nachtcafé im Park. Alle Personen der Handlung außer TITANIA *sitzen allein oder zu mehreren an kleinen Tischen und ruhen aus. Nur* ERSTLING *und* HÖFLING, *der Werbekaufmann und der arbeitslose Architekt, sind unentwegt miteinander befaßt.*

HÖFLING Von der Nasenwurzel aufwärts. Ich sage dir, ich habe keine Tablette genommen, ja – ich habe Kopfschmerzen, ich sage dir, ich kann das Auge nicht mehr rollen. Ich kenne keine Kopfschmerzen, seit Jahren nicht.

ERSTLING *beflissen.* Die Symptome, was hast du für Symptome?

HÖFLING Siehst du doch! Die Hautfalte hängt über dem Auge hier.
ERSTLING *steht auf, blickt fachmännisch in die Pupille.*
Das ganze Gesicht ist gespannt, zum Zerreißen. Es pocht in den Ohren. Es drängt zum Gehirn hin.

ERSTLING Hast du einen Verdacht? Die Faziale – äh: hängt dir manchmal das Gesicht runter?

Höfling Ich hab einen Verdacht.

Erstling Du *hast* einen Verdacht!

Höfling Ja, 'n Verdacht. Wenn es dasselbe ist wie mit den Armen hier, was ich gehabt habe –

Erstling Was hast du gehabt?

Höfling An den Armen! Ich hab's nicht mehr ausgehalten! Ich hab geschrien, gesagt: amputiert mir die Arme, weg damit! Ich halt's nicht mehr aus. Ich war in der Stiermeyer-Klinik. Das war falsch, wie ich hinterher erfuhr. Die geben nur Spritzen, 'ne Pferdefarm. Ich weiß Bescheid. Weißt du, warum die mir den Verband nicht erneuert haben? Weil die nicht genug da hatten, um mir einen neuen Verband zu wickeln. So war's. Also du weißt auch keine Adresse, keinen Arzt?

Erstling Bei wem warst du damals mit den Armen?

Höfling Wenn das dasselbe ist, wie ich vermute, wie mit den Armen, dann gute Nacht. Dann bin ich am Ende.

Erstling Warst du im Ausland?

Höfling Im Ausland? Nein, nein. Das ist es nicht.

Erstling *hinter vorgehaltener Hand.* Infektion!

Höfling Ach, die Politiker reisen doch auch dauernd ins Ausland.

Erstling Die reisen, ja. Die reisen aber auch viel geschützter als du – also bei welchem Arzt warst du?

Höfling Ich war in der Mainzer Straße bei Dr. Sinekoe, genannt Sino, du kennst doch die Elke, die bei ihm Assistentin ist.

Erstling *springt auf, geht zu seinem Mantel.*
Ich glaub, ich hab was für dich.
Er bringt einen zahntechnischen Apparat.
Da! Das haben sie mir heute morgen in die Agentur gebracht. Damit sollst du wie ein Zahnarzt zwischen

den Zähnen herumfummeln. 98 Mark. Vollkommen unverkäuflich das Ding auf dem deutschen Markt. Kein Aku, keine Batterie, du mußt es direkt an 220 Volt anschließen. Nein, nein, damit kannst du dir eine verstopfte Harnröhre reinigen. *Er wendet sich um.* Oh jetzt bin ich etwas zu laut geworden . . . Da! Jetzt hast du's abgebrochen! Schon kaputt!

HÖFLING Ach was. Das ist bloß 'ne neue Zahnbürste, nichts sonst.

ERSTLING Vollkommen unverkäuflich auf dem deutschen Markt.

HÖFLING Was redest du?! Das ist genauso eine Zahnbürste wie diese andere, diese elektrische, putzt nur stärker aus.

ERSTLING Da! Jetzt hast du's kaputt gemacht. Geht nicht mehr. Vollkommen unverkäuflich. *Er bemerkt ein Insekt neben der Blumenvase.* Sieh an! Ein Springböcklein! Das kann nicht fliegen, nur hüpfen, das Insekt. Meine Mutter sagt: packt eure sieben Sachen, wenn ihr klug seid, haut ab, bevor es zu spät ist.

HÖFLING Du kannst nicht umgehen mit alten Leuten! Darfst ihnen nicht alles abnehmen. Hab ihr neulich erst von dem Haus in der Meckelstraße abgeraten. Jetzt fragt sie mich: ich hab da was Neues, ein Haus mit Hinterausgang zum Park, na gut, soll sie sich erstmal alleine angucken. Du trägst ja noch die teuersten Hemden.

ERSTLING Was? Das Hemd? Das ist zehn Jahre alt. Zehn Jahre, mein Lieber.

HÖFLING Und was ist das? Hast immer was Neues.

ERSTLING Ein Amulett. Nicht! Nicht anfassen! Alle wollen sie raus aus Deutschland. Nur der Kanzler und ich bleiben hier.

Höfling Der Kapitän und die Ratte bleiben an Bord.

Erstling Na, die Ratte! Die Ratte bin nicht ich, du! Es wird noch viel schlimmer kommen, Rezession!

Höfling Der Chef von TWA –

Erstling Und Pan Am: eine Milliarde Dollar Miese pro –

Höfling TWA ist 'ne viel größere Firma. In Chicago oder wo schickt der oberste Boß seine Sekretärin raus, läßt sich noch 'n Kaffee bringen und dann bums!, schießt sich das Hirn raus, rumsbums!

Erstling In der Frankfurter, ja?

Höfling Nein, wir haben Newsweek –

Erstling Na, da ist der Frankfurter Artikel dann schon überholt.

Höfling Ich hab jedenfalls nicht diese BMW-Sucht wie du.

Erstling Nee! Die Porsche-Sucht hast du!

Höfling Also du – du hast –

Erstling Na laß mal.

Höfling Nun hör aber auf. Du hast doch immer einen ganz anderen Finanzstatus vertreten als ich. Unterm BMW machst du's doch nicht.

Erstling Wir werden noch unser blaues Wunder erleben. Mensch, wie die Zeit vergeht. Vor drei Tagen, den Zweiundzwanzigsten, haben wir Meinhard erst runtergeschaufelt.

Höfling Ist der 25. heute?

Erstling *sieht auf die Uhr.* Der 26. Gott ja, ich denk, drei Jahre, das sind 36 Monate –

Höfling Dann hast du's abbezahlt?

Erstling 36 Monate sind 144 Wochen.

Höfling Jede *Woche*?

ERSTLING Das nackte Überleben.

Höfling setzt seine Brille ab.

ERSTLING Die Brille mußt du putzen. In Salzwasser legen.

HÖFLING Da, an der Nasenwurzel. Es gibt tausend Gründe. Auch erbliche.

ERSTLING Wo warst du damals mit den Armen?

HÖFLING In der Mainzer Straße. Dr. Sinekoe, genannt Sino.

ERSTLING Paß auf! Ich kenn einen vorzüglichen Orthopäden.

HÖFLING Orthopäden!

ERSTLING Ja. Du glaubst mir nicht.

HÖFLING Was hat mein Gesicht mit 'nem Orthopäden zu tun? Ich brauch einen Neurologen!

ERSTLING Na dann nicht.

HÖFLING Ach was. Ist sowieso bald Schluß. Uns geht's nichts an. Das heißt: uns geht's sehr wohl was an. Aber es dauert noch 'n paar Jahre.

Dunkel

Akt III

1. Szene

Bei GEORG *und* HELEN. *Couch, Tisch, Stuhl. Veranda auf den Park. Rechts und links offene Durchgänge.*

GEORG Warum bist du so ausfällig geworden gegen den jungen Farbigen?

HELEN Welchen Farbigen?

GEORG Eben, im Bus.

HELEN Ich kann Nigger nicht ausstehen.

GEORG Aber er hat dich doch gar nicht belästigt.

HELEN Nicht belästigt? Ein stinkendes Niggerschwein, pawing my knee all the time! 'Oh my, you're lookin' real pretty, li'l lady, wonna see some hot pictures, just look at my – That creep was all over me!

GEORG Ein ganz junger Bursche, der spielt mit seinem Körper, der Bus schaukelt, und er übertreibt's vielleicht.

HELEN Keep off your rotten old fingers and beat it! You nigger son of a bitch! Stop touching me!

GEORG Na weißt du, das ist wirklich nicht so ohne, einem jungen Farbigen solche Grobheiten zu sagen. Ein Wunder, daß er es so ruhig hingenommen hat.

HELEN *wimmert künstlich.* That lady there pushed me! That lady says I touch her. But I never didn't lay my hands on her, nosirree!

GEORG Beim Aussteigen hat er dir die Zunge rausgestreckt. Wie ein kleiner Junge.

HELEN Diese Niggerbälger sollen sich benehmen wie die

anderen, anständigen Fahrgäste auch. Wenn sie schon im selben Bus fahren.

GEORG Was ist in dich gefahren?

HELEN Nichts. Nigger sind minderwertig.

GEORG Das glaubst du doch selber nicht.

HELEN Jawohl! Es ist erwiesen. Sie sind hinterhältiger, träger und gewalttätiger als andere Menschen.

GEORG Quatsch!

HELEN Das ist kein Quatsch. Ich habe unter Niggern gelebt. Ich weiß, wovon ich rede.

GEORG Helen! Du bist eine vernünftige Frau. Wir leben am Ende des Zwanzigsten Jahrhunderts. Zu allen möglichen Problemen unserer Zeit äußerst du eine besonnene Meinung. Du kannst doch nicht mittendrin auf einmal behaupten, daß ein Farbiger ein Mensch zweiter Klasse sei!

HELEN Ich bin nicht gegen Farbige. Ich bin gegen Nigger. Die Chinesen sind hart im Nehmen, die brauchen wenig, die arbeiten viel.

GEORG Nicht! Bitte! Nicht weiter!

HELEN Na ja. Ich kämpfe nicht unbedingt für meine Überzeugungen. Aber austreiben lasse ich sie mir nicht.

GEORG Du bist gereizt heute, Bärle.
Wohl weil Wolf kommt, wie?
Nun, ich verschwinde gleich.
Ich habe es ja meistens so eingerichtet, daß ihr euch seht, wenn ich ins Büro muß. Ihr werdet wieder einen schönen Nachmittag miteinander verbringen. Es wird wie immer sein, hoffe ich. Falls es immer so war wie ich hoffe. Aber vielleicht treffe ich ihn ja noch, wenn ich zurückkomme. Wir haben uns in letzter Zeit besonders gut verstanden, Wolf und ich. Soviel Harmonie zwi-

schen deinen beiden geliebten Männern – du bekommst ja jedes Mal ein feuchtes Auge, wenn du uns zusammen siehst. Du protestierst gar nicht, wenn ich von ›deinen beiden geliebten Männern‹ spreche?

HELEN Es ist nicht nötig. Du weißt ohnehin.

GEORG Ich weiß gar nichts!

Er steht auf, geht nach hinten.

Also dann . . .

HELEN Georg?

GEORG Ja?

HELEN Uns geht es doch gut, nicht wahr?
Ich meine, wir brauchen uns keine Sorgen zu machen, finanzieller Art?

GEORG Nein. Weshalb fragst du?

HELEN Ich höre immer, wie die Leute klagen und sich Sorgen machen um die Zukunft.

GEORG Das brauchen wir zwar nicht, aber –

HELEN Ich möchte nicht eines Tages hören,
daß auch uns die Krise erwischt hat.
Ich bitte dich, noch wachsamer zu sein als bisher.
Ich habe das Gefühl, als ob es jetzt darauf ankäme,
ein paar durchschlagende Erfolge zu erzielen.
Glaubst du nicht auch? Hast du welche vor Augen?
Verteidigst du gut? Verlierst du nicht zuviele
Prozesse? Hast du solvente Mandanten? Sind die
Streitwerte auch lohnend?

GEORG Aber Bärle, was machst du dir für Sorgen?

HELEN Ich hab ein solches Verlangen nach Erfolg,
eine richtige Freßsucht nach Erfolg!

GEORG Du solltest selber wieder etwas tun . . .

HELEN Nein: du sollst etwas tun. Dich will ich stark,
klug und besser als alle anderen. Ich will die

ganze Kraft spüren, die in dir steckt. Tüchtig mußt du sein, noch einmal so tüchtig!
Keine Schlappe, kein Abstieg, keine Unsicherheit. Siehst du, ich verlange viel von dir. Ich brauche einen Mann, der immer siegt, der stärker, stärker, immer stärker wird. Der mich nimmt, der mich glücklich macht, der mich besiegt – der mich ewig liebt. Und viel Geld, Georg, Geld für Kinder, für die Erziehung, Geld für uns, Geld fürs Alter, Geld für das Schöne, Geld!

GEORG *geht auf sie zu. Sie hebt die Arme vors Gesicht, als erwarte sie Schläge. Doch er kommt, um sie zu umfangen.*

HELEN *lacht.* Auf dem Stuhl! . . . Auf dem Stuhl!

CYPRIAN *steht plötzlich im Zimmer.*

CYPRIAN Was machen Sie da? Sind Sie verrückt? Ich habe im Krieg ein Ohr verloren. Die Affen sind alle tot. Die Gräser sind alle tot. Das haben Sie davon. Die Meldepflicht ist ausgebrochen. Sie können hier keine Straßen baun. Sie müssen sich beim Zivilschutz melden. Nehmen Sie die Hände weg! Hände weg! sage ich.

GEORG Wer sind Sie? Was suchen Sie hier?

CYPRIAN Sie! Sie haben mit Mutter Natur gehaust und auf dem Bahnhof gestanden. Ich habe Sie im Kino gesehen. Gehen Sie nicht so schnell. Ich bin auch ein Kriegsversehrter. Das ist vom Datenschutz so vorgesehen. Jawohl! Hören Sie auf! Schluß! Raubbau!

HELEN *wimmert.* Hilfe! Hilfe!

CYPRIAN *lacht.* Nein, nein. Nur Spaß, nur Spaß.
Ich habe mich anscheinend verlaufen.

GEORG Menschenskind! Machen Sie, daß Sie rauskommen!

CYPRIAN Bei diesen modernen Bio-Häusern weiß man ja

nicht, wo hört der öffentliche Garten auf, wo wird's privat. Türen haben Sie ja keine.

GEORG *zu Helen.* Du hast wieder die Gatter nicht zugefahren. *Er führt* CYPRIAN *nach hinten.* Kommen Sie ...

CYPRIAN Die alten Chinesen, die wußten ja, daß der Erdball kreuz und quer mit magischen Pfaden überzogen ist. Da läuft bestimmt so ein Pfad mitten durch Ihr Wohnzimmer. Ich würd's mal untersuchen lassen. GEORG *kommt zurück.*

GEORG Es laufen dauernd Verrückte rum im Park. Wenn du die Türen nicht einfährst, dann laufen sie auch durchs Haus.

HELEN Ja, Georg.

GEORG Was ich noch sagen wollte... das vorhin, dein Ausfall gegen die Neger, das war doch nicht dein Ernst, nein?

HELEN Nicht mein Ernst? Was sonst?

GEORG Aber wie kommt es denn bei dir zu solch einem Haßgefühl?

HELEN Ich weiß nicht. Es entsteht im Kopf. Aber es ist auch im Blut drin.

GEORG Hat dir je ein Schwarzer etwas zuleide getan?

HELEN Sie sind abstoßend. Ist das nicht genug? Sie sind das Böse auf Erden. Sie werden die weiße Rasse erdrücken, erwürgen, zertreten. Sie wollen die Weltherrschaft. Sie haben keine Seele, nur diesen schwarzen Körper und den Willen zur Macht.

GEORG Ich denke, sie sind so träge.

HELEN Ja, sie sind träge und machtgierig.

GEORG Ich bin Anwalt, Helen! Ich setze mich in meinem Beruf für die Rechte von Schwachen, Verfolgten und Minderheiten ein. Ich vertrete Mieter gegen Hausbesitzer, Ausländer gegen deutsche Behörden –

HELEN Ja, klar, prima. Das hat doch mit den Niggern nichts zu tun. Wir haben doch hier gar keine Neger, mit denen wir es ernstlich zu tun hätten. Deswegen brauchen wir uns doch nicht zu streiten. Das ist so, wie wenn einer protestantischen Glaubens ist und der andere katholisch. Jeder behält meinetwegen seinen Glauben für sich und es gibt trotzdem eine gute Ehe.

GEORG Ich kann aber unmöglich mit einer Rassistin verheiratet sein!

HELEN Doch.

GEORG Mein Gott, was für ein furchtbarer Schwindel ... Warum haben Sie mir das nicht vorher gesagt?! So können Sie doch nicht unter Menschen gehen mit dem, was Sie da haben, mit diesen krankhaften Anschauungen! Das muß einem doch vorher gesagt werden!

2. Szene

Hauseingang im Park. Mondschein. TITANIA, *als ›Frau aus einer anderen Zeit‹, geht langsam und wie aus der Ferne bewegt auf das Haus zu. Man hört ihre Röcke rauschen.* HÖFLING *tritt aus seinem Haus. Er trägt einen dunklen Anzug, Mütze, Brille, Stockschirm. Er verschließt die Tür sorgfältig. Unterdessen steht* TITANIA *hinter ihm; er grüßt und geht davon.* TITANIA *faßt die Klinke, öffnet die Tür und betritt das Haus.* HÖFLING *dreht sich um, sieht die Tür seines Hauses halboffen stehen, schüttelt den Kopf, geht zurück, untersucht das Schloß, verschließt wiederum die Tür, macht sich auf den Weg. Plötzlich bleibt er stehen und sagt: ›Was wollen Sie in meinem Haus?‹ Er läuft zurück, schließt die Tür auf, rennt hinein. Kurz darauf ein langer Schrei, fallend vom Mann zum Knaben.* TITANIA *erscheint auf der*

Schwelle mit einem etwa zehnjährigen Jungen auf den Armen, einer verkleinerten Ausgabe von HÖFLING, *ebenfalls im dunklen Anzug, mit Mütze, Brille, Schirm.* TITANIA *trägt den Kleinen Mann zum Sandkasten und setzt ihn dort ab, so daß er in die helle Öffnung des Zirkusvorhangs blickt. Sie verschwindet rechts hinter der Hecke.*

3. Szene

Von links kommen ERSTLING *und das* MÄDCHEN *mit dem Plüschhund.*

ERSTLING Sie sind wahrscheinlich nicht so robust wie die anderen. Sie haben sehr zarte Schulterblätter.

MÄDCHEN Die Schulterblätter am Menschen sind eigentlich verkümmerte Flügel.

ERSTLING Na, ob das stimmt?

MÄDCHEN Doch, doch. Stimmt.

Sie holt einen Salzstreuer aus der Jeanstasche und schüttet Salz in den Mund.

Die anderen sind total okay und reif.

Bloß ich renn dauernd draußen vor der Mauer rum.

ERSTLING *nervös.* Hm, hm.

MÄDCHEN Ich bin ziemlich neu hier.

Ich weiß noch nicht, was ich mache.

Aber ich habe ein ziemlich gutes Gefühl.

ERSTLING Hm, hm.

Wovon ich mir etwas verspreche, wissen Sie, ist Herzenswärme vor dem Hintergrund einer allgemeinen Unruhe. Zerstörungswut, Hoffnungslosigkeit, brennende Kartons, brennende Autoreifen –

MÄDCHEN Ich spür soviel eigne Kraft sich
gegen mich selber richten.

ERSTLING Hm, hm.

MÄDCHEN *schüttet Salz in den Mund.*
Salz kann ich löffelweise essen.

ERSTLING Hm, hm. Irgendwann küßt Sie aber mal einer auf den Mund, nicht wahr. *Er kichert.*

MÄDCHEN Was ich seh: das ist die riesengroße Ingenieurswelt auf der einen Seite und die klitzekleine Stinkewelt der armen Schweine auf der anderen.

ERSTLING Hm, hm. Gewisse Fortschritte haben wir nun einmal gemacht. Die Hygiene zum Beispiel läßt sich nicht einfach wieder rückgängig machen.

MÄDCHEN Hygiene. Terror. Davon kommen ja die Pilze, Pusteln, Flechten und was nicht noch für'n Urwald auf die Haut.

ERSTLING Hm, hm.

Sie sind vor der Hecke angelangt. ERSTLING *blickt sich nach allen Seiten um.*

MÄDCHEN Ich hab heut nacht wieder geträumt,
daß man also allgemein die Verwandtschaft
abgeschafft hat, aber radikal! Jeder wird
irgendwo geboren und sofort in die Gesellschaft gesteckt. Du kriegst praktisch keine Familie mehr zu spüren. Es gibt bloß 'n paar lockere Freundeskreise, Arbeitskreise, Erziehungskreise, Wohngemeinschaften und was nicht alles.

ERSTLING Ein Alptraum!

MÄDCHEN Na ja, würd ich nicht unbedingt sagen.
Steckt ja 'n Körnchen Wahrheit drin.

ERSTLING Haben Sie denn keine Verwandtschaft?

MÄDCHEN Ich? Doch. Schon.

In dem Augenblick, da sich das MÄDCHEN *wieder den Salzstreuer an den Mund setzt, reißt* ERSTLING *sie hinunter in die Hecke.*

ERSTLING Komm her, du schmuddelige Mickey Mouse . . . Ich mach dich zur schönsten Frau Europas. Wenn du bloß still hältst! Ich mach aus dir eine Frau von prickelnder Eleganz . . . Ich erfüll dir jeden Wunsch, aber wenn du mich verarschst wie Irmgard Peters, dann schlag ich dich windelweich! Bist jetzt meine stolze Prinzessin, du! Ganz stolz mußt du sein, ganz stolz, dann ist es gut, dann –

Er verstummt unter einem Schmerzenslaut. Das MÄDCHEN *kriecht unter der Hecke hervor, nimmt ihre Brille, ihr Plüschtier, klopft Erde von der Kleidung.*

MÄDCHEN Feiste Scheiße.

Von rechts kommen die drei JUNGEN *mit einem großen Netz aus Seilen.*

1. JUNGE Faß an! Wir fangen die Frau von damals.

3. JUNGE Los, komm mit! Wir fangen die Asbachtante und verkaufen sie ans Museum!

MÄDCHEN Nee, keine Lust.

3. JUNGE Ihm hat sie einen Brief geschrieben.

2. JUNGE Aus dem Himmel hing er raus, zwischen zwei Wolken, ein Riesenbrief, und plötzlich fällt er runter auf die Wiese. Ich lauf durch den Park. Ich versuch ihn zu lesen. Aber ich bin zu nah dran für die Riesenbuchstaben. Ich klettere auf einen Baum, ich les den Brief von oben –

3. JUNGE Und weißt du, was drin steht? Sie will sich mit ihm treffen. Mit Nico! Ganz allein . . . Aber wir gehen alle hin. Jetzt fangen wir das Biest.

MÄDCHEN Ihr träumt. Haut ab.

Die JUNGEN *laufen nach links, das* MÄDCHEN *geht nach rechts ab. Unter der Holunderhecke steckt* ERSTLING *seinen Kopf vor und sieht sich um. Er murmelt etwas wie: ›Nichts wird so heiß gegessen, wie es gekocht wird.‹ Er kriecht hervor, ordnet seine Kleidung.*

ERSTLING *für sich.* Je suis comme je suis.
Man fragt sich nur, was bringt einen aufrecht gehenden Menschen dazu, sich in derart lächerliche Krümmungen zu versetzen, wenn er sich amüsieren will? Hier trafen zusammen: ein halbherziger Drang, der Argwohn und der Beischlaf. Alles Weitere entwickelte sich irmgardartig . . . Aber nein! Sie war doch reizend. Weshalb so kritisch hinterher? Warum denn einem in sich abgerundeten Liebespaar nachträglich die Haut über die Ohren ziehen? Das nenne ich doch: abstrahieren! Kaum daß einer wieder auf zwei Beinen steht, hat er nichts als Wörter im Kopf. Gerade noch, zu ebener Erde, die stillen, schnellen, frohen Griffe, und jetzt: die allerheftigsten Begriffe! Aber wer bringt es denn mit sich, daß ich mir Gedanken machen muß? Ihre Handlungsweise!

Er geht nach hinten. Aus dem kleinen HÖFLING *am Sandkastenrand kommt ein hohes leises »i«.* ERSTLING *stockt, horcht, geht dann zu dem Kleinen Mann.*

ERSTLING Na mein Kleiner? So spät noch auf?
Bist du ein schmucker Kerl. Hast wohl noch was vor heut abend?

Der Junge macht leise »i«.

Was hast du denn? Laß dich mal anschaun . . . Menschenskind: Höfling! Was ist denn passiert? Um Gottes willen, hörst du mich? Höfling! Was fehlt dir? Die Symptome, die Symptome – was hast du für Symptome?! Das ist das Ende, jetzt ist es da. Höfling, es hat dich erwischt. Komm her, ich bring dich zum Onkel Doktor. Menschenskind, was hast du denn angestellt?! Nun wein mal nicht, mein Kleiner, ich bin ja bei dir. Ich helf dir doch. Ist ja noch alles dran an dir. Alter Junge! Ich bring dich zu meinem Orthopäden . . . Ach, Murks. Das nützt überhaupt nichts. Wir müssen woandershin. Aber wohin?

Er geht mit HÖFLING *an der Hand hinter der Hecke ab.*

4. Szene

Von links kommen GEORG *und* WOLF.

WOLF Nein, Georg, du bist zu bitter. Du blickst nicht tief genug in ihr Gesicht. Helen ist nun mal etwas ganz Besonderes.

GEORG Etwas Besonderes. Etwas Besonderes hat sich in etwas besonders Lästiges verwandelt. Es quält mich, daß sie so seltsam ist. So starrsinnig. Dieser Kopf hat einen Wurmstich – so schön und frisch von außen und im Inneren bohrt sich ein Schädling durchs Gehäuse. Sie vergiftet mich mit ihren verdorbenen Überzeugungen!

WOLF Du kritisierst sie nur. Entsetzt dich gleich. Statt ihr zu helfen, durch Ruhe und Bewunderung. Mit sich allein gelassen, lebt sie in einer Welt voll Kinderschrecks und fürchtet sich vorm Schwarzen Mann. Du nimmst das viel zu ernst.

GEORG Sie entschwindet mir, entwickelt sich zurück. Von Tag zu Tag steh ich ihr ferner und sie vernimmt mich kaum. Und dann, in letzter Zeit, bei irgendeiner

Alltagsfrage, durchfährt's mich plötzlich, und wie durch Geisterspuk teil ich ihre übelste Gesinnung! Wen hab ich da geheiratet? Der Irrtum und sein grünes Licht, die haben mich zu einer bösen Fee geführt. Der Irrtum und sein grünes Licht, jawohl!

WOLF Da seh ich sie doch anders. Mir bleibt sie fremd – doch kostbar, und wunderlich – doch wie ein Wunder.

GEORG *klammert sich an Wolf.*

Bring mich in gute Gesellschaft! Gute Gesellschaft, Wolf! Ich halt's nicht mehr aus unter diesen Menschenbiestern! Will lieber unter Trollen und Elfen leben als unter Leistungsexperten und Wohlstandssäufern. Lieber ein Schlupfwesplein als ein Mensch unter Psychologen, Richtern und Erziehern. Ja wär ich bloß 'ne Mücke, so stäch ich gleich in ihre flotten fetten Lippen. Lieber ein Butz im Weckglas meiner Großmama als so ein staatlich unterstützter Selbstverwirklicher in seinem Freiraumkäfig voll Quatsch und Fäulniswärme, Kindlemuren mit erloschnen Augen, blutjunge Lebensmüde. Lieber noch ein Wurm in ihrem Kote sein als ihnen weiterhin von vorne zu begegnen. Du siehst, ich bin mit niemandem mehr einverstanden. Abends sitze ich im Café und ziehe über meine Freunde her. Ich rede schlecht grad über jene, die mir die liebsten sind. Bei den einen beklag ich mich über die anderen, bei den anderen über die einen ... Nur Lug und Trug verbindet, nur Falschheit stimmt versöhnlich. Oh, Lieber! Woher kommt mir dieses plötzliche Verzweifeln? Ich seh doch sonst die Dinge nicht in diesem grellen Licht. Wir beide, Wolf, wir müssen jetzt ganz fest zusammenhalten. Verstehst du mich? Du bist der einzige, dem ich mich offen anvertrauen kann!

WOLF Und mit Helen geht das nicht?

GEORG Helen, Helen! Das ist wohl alles, was dich interessiert an mir! Kaum daß ich dich umarme, witterst du an meinen Kleidern ihren Duft!

WOLF Wenn du geschmacklos wirst, mußt du alleine weiterjammern.

GEORG Wolf! Bleib. Weißt du, was ich getan habe?
Ich habe eine Videofirma gegründet.
Ein Werbefritze, ein arbeitsloser Architekt und ich.

WOLF Video für was?

GEORG Wir produzieren kleine Filme über Urlaubsorte. Papier wird immer knapper. Statt teurer Farbprospekte, kostenlos, kannst du im Reiseladen künftig unsere Videos ausleihen. Man sagt ›Elba‹ und bekommt dann Elba gleich zu sehen.
Was tu ich eigentlich und denk mir nichts dabei?

WOLF Du willst wahrscheinlich endlich an das große Geld heran.

GEORG Bist du sicher, daß wir wach sind? Mir scheint, daß grad *wir* schlafen. Und irgendetwas anderes ist wach . . . Und daß uns niemand – niemand weckt, weil dieser Schlaf uns fortgerissen hat, und daß es kein Erwachen gibt, nur weiter, immer weitere Verwandelung.
Neben uns spazieren Mahr und Wiedergänger, ganz gleichberechtigt mit uns Bürgern, und einflußreiche! Nacht und Tag, die Toten, die Lebendigen in einträchtiger Gesellschaft. Ein und dieselbe Mischpoke!
Unsere schwachen Stirnen, Wolf, die lassen jetzt uralte Schatten ein. All das Blöde! Wen hab ich da geheiratet?

WOLF Nun ja. Man gründet eine Firma, und man verliert im Nu den Boden unter den Füßen. Man wird hineingerissen.

5. Szene

CYPRIAN *und* HELMA *treffen sich im Park.*

CYPRIAN Endlich! Da sind Sie. Ich habe Sie überall gesucht. Bin schon durch fremde Wohnungen spaziert.

HELMA Haben Sie die Figur mitgebracht?

CYPRIAN Langsam, langsam.
Warum besuchen Sie mich nicht im Atelier?
Er wickelt ein kleines Medaillon aus seinem Taschentuch.

HELMA Lassen Sie sehen. Was ist das?

CYPRIAN Sehen Sie's nicht? Eine Frau, eingemauert bis zum Hals. Streckt ihren Kopf heraus und schreit. Vorgestreckter Schreihals aus weißer Mauer.

HELMA Und das soll wirken?

CYPRIAN Wirkt, ja.

HELMA Wie häßlich.

CYPRIAN Geben Sie es zurück!

HELMA Nein! Es ist bestimmt ein richtiges Kunstwerk. Ich verstehe nichts davon. Ich brauche es, ich brauche es. Hier, nehmen Sie das Geld, Cyp ... Wie kriegen Sie das nur hin, so etwas Ausdrucksvolles! Und man trägt es um den Hals?

CYPRIAN Ja. Tiefer.

HELMA Und dann? Was passiert?

CYPRIAN Es ruft Menschen herbei. Soviel Sie wollen. Männer. Soviel Sie wollen. Sie brauchen nur auswählen.

HELMA Ich will nur meinen.

CYPRIAN Ja, der kommt auch. Da haben Sie noch ein Original erwischt. Die meisten bekommen nur noch Maschinenkopien.

HELMA Diese Dingerchen gehen jetzt um die ganze Welt, wie? Fast 'ne Epidemie.

CYPRIAN Haben Sie Kinder?

HELMA Nein. Leider.

CYPRIAN Aber einen Schreihals haben Sie jetzt. *Beide lachen.* Es hängt an der Brust, macht keinen Pieps und ist trotzdem ein Schreihals. Was ist das? . . .
Ja. Heut lachen wir noch zusammen. Und morgen schlagen Sie mir mit 'ner benagelten Zaunlatte den Kopf ein.

HELMA Wer tut das?

CYPRIAN Sie. Oder Ihresgleichen.

HELMA Sie sind verrückt. Krank! Verrückt!
Sie läuft nach rechts ab.

6. Szene

Wiesenböschung. TITANIA *gefesselt unter einem Netz, das in die Erde eingepflockt ist. Die* DREI JUNGEN *und das* MÄDCHEN. *Nebeneinander: der 2. Junge und das Mädchen; etwas weiter unten: der 1. und der 3. Junge.*

1. JUNGE *zum Dritten.* Du frierst? Ich werde dir meinen Pullover geben.

2. JUNGE *zum Mädchen.* Man muß ehrlich sein. Man muß jeden Morgen eine üble Macke von sich aufspießen und über Bord schmeißen.

MÄDCHEN Ist gar nicht so leicht.

1. JUNGE *zum Dritten.* Du fühlst dich nicht wohl?
Ich werde den Wachdienst für dich übernehmen.

2. JUNGE Nur wenn du total ehrlich bist, kommst du bis

oben an die Spitze. Kein Schmu im Gepäck. Vor dir selber mußt du ein sternklares Wasser sein, sternklar und eiskalt, das ist es im Grunde, was du sein mußt, wenn du dich selber voll akzeptieren willst.

MÄDCHEN Is klar. Da kannst du nach Tibet gehen und einen Stein vom Dach der Welt herunterschmeißen und hören, wie er abwärts rollt und gar nicht mehr aufhört, abwärts zu rollen.

1. JUNGE *zum Dritten.* Du magst Empty Love von den Migs? Ich werde dir meine Kassette schenken.

2. JUNGE Zum Beispiel: die menschliche Sexualität –

MÄDCHEN Uah. Fängt das wieder an.

2. JUNGE Nee, ehrlich. Da mußt du öfter mal 'n Auge zudrücken. Da kommt nicht immer der Märchenprinz vorbei.

MÄDCHEN Nee, aber ich hab 'ne Entscheidung getroffen. Wenn ich mir nämlich sag: okay, du gehst allein durch den Regen, dann brauch ich nicht damit rechnen, daß mir da, bei diesem leidigen Thema, noch mal irgendwann ein Wundertier übern Weg läuft.

2. JUNGE Du könntest doch mal annehmen, daß ich dir übern Weg gelaufen bin, das ist schon so'ne Art Wundertier.

3. JUNGE Ich möchte mal auf'm Flußboot durch Irland fahren.

1. JUNGE Wenn das dein Wunsch ist, werden wir gemeinsam versuchen, ihn dir zu erfüllen.

3. JUNGE Wir haben kein Geld, um ein Boot zu mieten.

1. JUNGE Wir finden vielleicht ein kaputtes und machen es wieder flott.

MÄDCHEN Ich hätt genausogut eine ganz andere Entscheidung treffen können. Ich hätt auch sagen können:

okay, ich heirate. Wie meine Schwester. Oder weiß Gott wer. Na klar. Man hofft immer. Hoffen tut jeder. Das ist nun mal so.

7. Szene

Bei WOLF *und* HELMA. *Terrasse. Zwei Stühle.* HELMA *lehnt, nur mit einem Hemd bekleidet, im Durchgang zur Wohnung und raucht.*

WOLF Wie geht es Helen inzwischen?

GEORG Gut geht es ihr. Gut. Verdammt gut.
Sie ist vollends in eine Art politischer Koprolalie verfallen.

WOLF Was ist das?

GEORG Das ist die krankhafte Sucht, unentwegt den reaktionärsten Scheißdreck auszusprechen. Du heiratest eine schöne Frau und es stellt sich heraus, es ist 'ne Frau vom Kukluxclan.

WOLF Sie wird sich schon wieder bekrabbeln.
Er geht mit einer leeren Flasche in die Wohnung.

GEORG *zu Helma.* Läufst fast nackt herum.

HELMA Es ist heiß.

GEORG Setz dich zu mir.
Er legt seine rechte Faust mit aufgestelltem Daumen auf den leeren Stuhl. HELMA, *indem sie sich langsam setzt, ohne hinzusehen:*

HELMA Nimm deine dreckige Pfote weg.

GEORG Nur nackt, nur heutig, ganz von heute, wie?
HELMA *raucht.*
Und? Schwitzen, zittern, quieken, alles in Ordnung, ja?

HELMA Alles in Ordnung, ja.

WOLF *kommt zurück.* HELMA *tritt ihm entgegen. Wolf legt seine linke Hand auf ihre Wange, die rechte auf ihre Hüfte. Helma schmiegt ihr Gesicht in Wolfs Hand und sieht ihn an. Dann schnappt sie plötzlich mit den Zähnen nach der Hand und hält sie wie eine Beute im Mund.*

GEORG Johannisnacht ist heute.
Gesunkene Schiffe drehen sich am Meeresgrund.
Die Pferde können reden.
Liebespaare springen durch die Sonnenwendfeuer
und kranke Weiber wälzen sich im Morgentau.

8. Szene

Wiesenböschung. Musik. Stiergebrüll. Der 1. JUNGE *liegt schlafend unterhalb von* TITANIA. *Der Zirkusvorhang wölbt sich über die Böschung und bedeckt die gefesselte Titania. Stierhörner durchstoßen den Vorhang. Wenn er wieder sinkt und zurückweht, steht* TITANIA *mit gesprengten Fesseln und in zerrissenem Kostüm aufrecht auf dem Hang.*

9. Szene

HELEN *und* WOLF *kommen von rechts in den Park.*

HELEN *zeigt auf den Boden.* Was ist das?

WOLF Merkwürdigerweise: nur ein Fleck. Vielleicht Kuckucksspucke. Jedenfalls ein Fleck, wie er in der Natur zu abertausenden vorkommt.

HELEN Der Fleck eines Gehenkten!

WOLF Hier ist kein Galgen in der Nähe.
Nicht einmal ein Baum. Der nackte Himmel,
an dem sich keiner aufhängen kann.

HELEN Und trotzdem ist es der Fleck eines Gehenkten!
Das macht ihn nur noch verwünschter.
Aus solch einem Fleck wachsen fünfzig
bis hundert Alraunenwurzeln. Das sind die
Galgenmännlein. Durch sie steigt
die Geburtenrate in dieser Gegend um das
fünf- bis achtfache.

WOLF Du frißt dich förmlich fest in deinem Aberglauben. Wie ein überhitzter Motorkolben. Ich halt's ganz einfach für zerronnene Kuckucksspucke.

HELEN Kuckucksspucke! Ha! Was denkst du, was das ist?
Du glaubst, der Kuckuck spuckt vom Baum?

WOLF Was weiß ich. Irgendeine Ausscheidung des Kuckucks, ja.

HELEN So, so. Unsinn!
Kuckucksspucke ist der Schutzschaum der Zikadenlarve. Das kleine Ding suckelt ja und süffelt an den Pflanzen. Davon erzeugt's ein wächsernes Sekret, vermischt es fein mit seinem flüssigen Kot und pumpt es auf mit Luft. So schützt es sich und wird zur Grille.

WOLF Stimmt das jetzt oder ist es wieder Hexenlatein?
Tatsächlich habe ich seit Kindheitstagen fest geglaubt,
ein solcher Fleck, wie schon der Name sagt –

HELEN Kinderglaube! Siehst du, Fahrzeughalter, was soll das werden, wenn ein kindergläubischer Mensch den anderen einen abergläubischen nennt? Er weiß ja nicht, wovon er redet.

Sie gehen hinter der Hecke ab.

10. Szene

TITANIA *bei* CYPRIAN *im Atelier.*

TITANIA Dädalus: kannst du auch Kühe baun?
CYPRIAN Was suchst du hier? Ich habe dich nicht gerufen.
Geh deiner Wege, Werk. Erschreck mich nicht!
TITANIA Sehnsucht, Sehnsucht!
Hörst du mich?
CYPRIAN Dir hab ich nichts hinzuzufügen. Ich arbeite an neuren Sachen.
TITANIA Noch trägt, noch schützt mich eine Sinnverwirrung. Noch hüllt mich, wie Wahn, sein Atemnebel ein.
Wenn ich erst zu mir komme, wird mein Herz
es nicht überstehen ... Dädalus: ich bin verrückt
nach einem Stier!
CYPRIAN Wie nennst du mich?
Titania vom Mond, du spielst zu gern
mit deinen Arten und bringst sie durcheinander.
Es tut nicht gut, sich mehrerlei Gestalt bewußt zu sein.
Denk an die ernsten Folgen, die euer hoheitliches
Handeln hat: von jedem Tun bleibt ein Gesetz zurück.
TITANIA Das weiß ich selbst.
Gib du mir keinen Unterricht.
Bist du nicht Dädalus, Figurenmacher?
CYPRIAN Ich bin der Cyprian. Der Cyp bin ich.
TITANIA Komm, komm. Versteck dich nicht.
Du bist der Kerl, der Minos und die Kinder
mit den belebten Puppen jüngst erfreute
und mit allerlei anderem hübschen Spielzeug.
Und du hast auch die Ameise mit

dem Zwirnsfaden durch die Muschel geschickt . . .
Oh hilf *mir* jetzt!
Ein armes Weib bin ich, das rindert.
Ich schrei und alles in mir schreit
nach diesem weißen Biest.
Ich quäl mich ab nach ihm, verbrenne!
Die Scham so prall wie bei 'ner Kuh,
die glatte Rosenhaut aufgeschwollen
zu obskuren Wülsten; zähflüssiger Schleim,
kein Ausfluß einer Frau: fast schon Kuh!
Die heiße Faulheit meines Mauls: bald Kuh!
Schmerzen, Schmerzen . . . Nein: nur rauschend Blut,
nur langes, endlos langes Beben
der Empfänglichkeit –
Schaff mir den Arsch von einer Kuh!
Ich halt's nicht aus, sonst kommt er nicht.
Wie ich gemacht bin, menschlich mager,
reizt ihn nicht.

CYPRIAN Vielleicht erinnerst du dich noch:
auch ich bin ja verrückt nach jemand Wunderbaren,
und er beachtet mich nicht mal.

TITANIA Du kennst nicht meine Not.
Menschen wissen nichts von Lust.

CYPRIAN Nun spürst du selbst, wie mir zumute ist,
wenn ich den Schwarzen Jungen suche.

TITANIA Mach mir den Anbau breit und rund
und weich wie Moos, jedoch nicht plump!
Mein Liebster hat schneeweiße Flanken,
trägt Hyazinthenkränze um den Nacken
und seine Stirn ist glatt wie Marmor.
Dädalus, ich schäm mich so: warum stecke
ich in diesem engen Weiberleib?

Welch einen Halbkadaver bring ich
meiner Gottesbestie dar!

CYPRIAN Früher war ich ja geübt in dieser größeren Plastik –

TITANIA Ne Kuh, 'ne hohle Kuh!

CYPRIAN Nein, nein. Ich diene Oberon . . .

TITANIA Ich kriech hinein, ich bück mich ins Gestell –

CYPRIAN Mit etwas Glück bekäm ich es wohl hin.
Doch ich diene Oberon . . .

TITANIA Und wo ich schmaler bin, füll es mit weichen Tüchern aus.

CYPRIAN Wenn du mir dafür deinen Schwarzen Jungen läßt!

TITANIA Schwarzer Junge, Schwarzer Junge.
Ich weiß ja nicht, von wem du sprichst.
Was soll ich noch mit ihm?
Nie wieder wird mir ein Junge oder Mann
gefallen; ungeeignet fortan, ich, Pasiphaë,
für häuslichen Beischlaf.

CYPRIAN Du läßt mir Norman und beeinflußt ihn nicht mehr? Versprichst du es?

TITANIA Ich verspreche es. Was immer mir das Liebste war, ich geb es her für meine tierische Verschönerung.
Ich seh wie er nur Baum, nur See, nur Wiese.
Meine Nächte sind so weiß wie er.
Schlaflosigkeit macht dunkle Landschaft licht,
sein Hochzeitsweiß, das blendet mich.
Allein, wie ich *ihn* glücklich mache,
daß er auch wiederkommt, bis in die
Spitzen seiner Hörner froh, ich wünscht,
ich wär ihm so verwandt, daß all mein Blut
dies wüßte.

11. Szene

Im Park. Helma *von der Hüfte abwärts mit einem Baum verwachsen.* Georg *umschlingt den Stamm.*

Georg Wolf liebt Helen, liebt nicht dich! Du vergeudest deine beste Zeit.

Helma Oh ich erblühe doch in jedem Jahr und schlage aus mit jungem Grün. Ich spende Schatten, frischen Atem, ich schütze vor Unwetter und Sturm, ich flüstere und ich stöhne. Nur zeugen kann ich nicht mit ihm. Ich biete ihm Dauer und Standfestigkeit, unverbrüchliche Treue und einen gesunden Lebensrhythmus. Mein Altern und meine Kahlheit braucht er nicht zu fürchten, denn diese durchschreite ich in jedem Jahr und stehe im nächsten wieder jung an seiner Seite, um seine Verliebtheit aufs neue zu erregen. Er wird doch also zeitweilig nicht erschrecken müssen über die komische, knorrige, krächzende Alte, nicht wahr?

Georg Mir fehlte der Verstand, als ich Helen heiratete. Ich sah nur ihren Körper. Der war wie ein prächtiges Stadttor, durch das ich Einzug hielt mit Glanz und Gloria. Doch hinter dem Tor, da lag das düsterste Städtchen, das elendste Nest, das sich nur denken läßt. Durch die Enttäuschung, fast plötzlich, wurde ich zum reifen Mann. Jetzt sind Vernunft und Lustgefühl sich einig: du bist die bessere Frau, dich brauche ich.

Helma Wenn ich den einen, den ich liebe, schon nicht halten kann, mußt du mich dafür nicht auch noch verspotten.

Georg Ich spotte nicht! Ich träum von dir. Dein Mund, deine Augen, deine Traurigkeit. Dein Gesicht durchzieht das meine. Ich fühl mich du sein, wenn ich lächle, wenn ich maule ... Ach, es schwankt mir vor den Augen! Deine Hand! Ich muß ausruhen, einen Augenblick. Verliebt sein, das ermüdet mich.

HELMA *verschwindet aus dem Baum. Kurz darauf tritt* HELEN *rechts hinter der Hecke hervor.*

GEORG Weißt du, was ich geträumt habe?
Du gingst mit nackten Füßen über die
Ährenspitzen eines Kornfelds,
so leicht warst du, so heiter, und entferntest dich.

HELEN Du wagst es, mir den Schund zu erzählen,
den du neben einer anderen geträumt hast?!

GEORG Du stehst jetzt manchmal recht verloren da, in deinem engen Gesichtskreis.

HELEN Hast du denn alles vorgetäuscht?
Das gibt doch keinen Sinn. Bis gestern jemand so zu lieben und heut ihn einfach stehen lassen. Da ist doch böse Absicht mit im Spiel, 'ne Quälerei, ganz etwas Niedriges?

GEORG *Du* bist es! Du früher Gütige,
dein plötzlicher Charakterwandel hat diese Aneinandertreibung ausgelöst, und zwei wesensfremde Menschen, die sich bis dato kühl betrachtet haben, lieben sich.

HELEN Lieben sich nicht!
Ja, geh nur zu ihr, mach's dir leicht!
Etwas Dutzendwarenhafteres hättest du kaum finden können.

GEORG Du sollst sie nicht herabsetzen.
Das macht dich selbst durchaus nicht größer.

HELEN Mit mir, da hättest du etwas wagen müssen! Soviel Unbekanntes, soviel Einziges habe ich mir für dich aufgespart. Aber du bist schwach und willst mich nicht erkennen. Du wählst das Rinnsal, den Schlupfwinkel, das Abendbrot, das Armaturenbrett –

GEORG Wie man's nimmt, Helen.
Wohl wahr, ich konnt mich deinem Einfluß schwer entziehen. Sobald ich dich umarmte, neigte ich dazu, auch deine krausen Ansichten zu teilen. Man will ja rundum einig sein. So manches, was du laut verkündet hast, hör ich im stillen auch bei mir und denk es selbst. Aber ich denk dazu auch noch das Gegenteil. Und wenn ich dann den Mund aufmache, red ich ausgewogen. Es paßt in unsere Welt, was ich zu sagen habe. Mein Beruf erfordert das. Du kannst dir leisten, deine Seele ständig zu vertiefen. Ich bin ein Arbeitsmann, ich muß mich nützlich machen. Nein, Helen, es wär mit uns nie gut gegangen. Letztlich bin ich jemand, der dich nicht versteht. Wen fassen meine Hände da, wenn sie dich fassen? Und welch verbotene Ideen küsse ich, auf deinen Lippen? Tag für Tag weichst du ein Stückchen mehr zurück und in Bereiche, wo ich persönlich nichts zu suchen wünsche. Gestern Rassenwut und heute Gottvertrauen, morgen Aberglaube und Magie, das Mittelalter, und übermorgen vielleicht schon Kannibalentum.

HELEN Du sagst dir schlau: es wär mit uns nie gut gegangen. Aber dein Herz hast du doch verloren. Ist das was Gutgegangenes?

Sie verschwinden links hinter der Hecke. Von rechts tritt HELMA *hervor.*

HELMA Was tut nur dieser Schmuck mit mir? Wohl hab ich Zulauf plötzlich, doch mit ihm schwillt der Argwohn schmerzlich an und zwingt mich, jede Falschheit zu entdecken. So wahrheitskrank will ich nicht sein! Lieber täusch ich mich und laß mich täuschen. Ach nein. Dann krieg ich wiederum nicht alles mit . . .

Von rechts tritt GEORG *hinter der Hecke hervor.*

GEORG »Wer würd nicht einen Raben gegen eine Taube tauschen?«
Bist du nicht eine Taube, sanft und rund und liebestoll? Bei dir allein find ich das unerschöpfliche Vergnügen. Du weißt ja nicht, wie fürchterlich mein Verlangen dich schon zerstückelt hat. Nur abgeschnittene Teile seh ich innerlich, nur unerreichte Dinge: Brüste, Schenkel, Hüfte! Ab der Kopf und ab die Füße! Eine Killerbestie massakriert nicht wollüstiger als meine blinde Fantasie.

HELMA Was redest du? Ich fürchte mich.
Ziel meiner Wünsche war es stets,
meinen Mann glücklich zu machen.

GEORG Und das erreichst du nicht!
Ich frag ihn kürzlich erst: empfindest du
denn nichts für diese – diese Dinge,
von denen ich so wilde Träume hab? Und er: ›Ich denke nein. Empfinde nichts
für diese Dinge. Ja: Dinge sind es längst
für mich. Wie Senf und Treppe‹ . . . Wie kann ein Mann so grausam sein!

WOLF *kommt von rechts hinter der Hecke hervor.*

Wolf! Ein passender Name für meinen besten Freund.

WOLF Hör zu: behalte deine schlimme Helena! Ich will sie nicht. Weil mir's wie Schuppen von den Augen fiel:

die ist es nicht! Ein Erdrutsch der Gefühle, und plötzlich war sie weg. Ich weiß nicht, was ich so lange an ihr fand. Mir schleierhaft. Verzeih, nichts gegen dich, mein Lieber ... Doch immerhin kehr ich jetzt sehr viel glücklicher nach Haus zurück.

GEORG Du willst bei Helma bleiben?
für sich Wie schlimm für mich.

HELMA *zu Georg.* Glaub ihm doch nicht!
Er tut nur so. Er spielt mit Worten – genau wie du!

GEORG Ich spiele nicht. *Er* tut nur so.

HELMA Ihr braucht wohl beide dieses falsche Plänkeln, um euch aufzupulvern für Helens Bett?

GEORG Noch einmal also: du willst bei dieser Helma bleiben?

WOLF Jawohl, bei meiner.
Sie ist gut zu leiden. Das läßt sich nicht von jeder sagen.

GEORG Sie ist gut zu leiden! Ist das aus einem ›Ich liebe dich‹ geworden? Was für eine Leidenschaft! Was für eine Passion! Helma, hörst du diesen halbherzigen Heimkehrer?

HELMA Selbst wenn der Halbherzige bloß halbwahr spräche, würd ich schon Hurra schrein.

WOLF Ich bin des Suchens müde. Nun weiß ich, wo ich hingehöre. Von nun an meid ich jeden lüsternen Tausch, beschränk mich tüchtig auf mein kleines Reich.

GEORG Dein Reich war niemals größer als dein ausgestreckter Penis reicht. Und gerade das wird hier bestimmt nicht neu errichtet. Verlaß dich drauf.

WOLF Du kannst es dir eben nicht vorstellen, wie es ist, wenn man eine Frau mit so schönem, warmen Leib, der doch in seiner Mitte fest und rund, zur wirklichen Frau hat. Dazu noch ist sie verständig und impulsiv. Was kann ein Mann wie ich sich Besseres wünschen?

HELMA Ach wär ich wenigstens die Freundin dieser Helma!

GEORG Das brauchst du mir nicht zu erzählen!
Ich fühl seit langem eine viel tiefere Bindung an diese Frau als du ...

HELEN *kommt von rechts hinter der Hecke hervor.*

HELEN Bindung, Bindung? Redet ihr vom Skifahren?

GEORG ... und find es gar nicht fair,
daß du jetzt wie der Teufel aus der Kiste
springst und sie erschrickst, zum Schein verwirrst,
natürlich, bloß weil du, ich kenn dich doch,
mir so leicht nichts schenken willst.

WOLF Ach? Wenn ich nicht wüßte, was hinter deinen Worten steckt! Du und Helma, nun schäm dich aber! Liebste, glaub ihm nichts! Ich weiß, durch sie (*er zeigt auf* HELEN) verläßlich und bestimmt, er tut's nur, um sie durch Eifersucht zu reizen, und dieses wiederum nur zu dem tiefren Zweck, sie aus ihrer üblen Weltanschauung rauszustoßen.

HELEN Glaub ihm nicht. Ich weiß es, leider, besser.
Ich erkläre dir zu meinem eignen Nachteil: er ist höchst selbständig und gänzlich zweckentbunden, ist kreuzwahrhaftig scharf auf dich. Er täuscht nichts vor, so wenig wie ein streunender Hund den Hunger heuchelt.

HELMA Du steckst mit ihnen unter einer Decke?
Ja habt ihr alle drei euch nur vereint, um mich gemeinschaftlich zu kränken? Was hab ich, Helen, dir getan, daß du so ekelhaft zu mir bist?

HELEN Du? Verführst den liebsten Menschen mir und spielst dann die Beleidigte?

HELMA Das ist nicht wahr! Du hast ihn auf mich angesetzt! Ihr alle spielt mir etwas vor, um mich verrückt zu machen, wie ihr's schon seid! Nur weil ich die meist verachtete Person hier bin, laß ich noch längst nicht alles mit mir machen.

HELEN Reg dich nicht auf. Das Ganze ist nichts als eine üble Hinterbacken-Geschichte. Und deren Hauptfigur – ist deine.

HELMA Es steckt mehr in mir, weit mehr in mir als bloß dies Lärvchen!
Ich bin wohl nur ein Liebesmittel für euch drei?

HELEN Keine Sorge. Ich bin das Liebesmittel längst für euch.

WOLF Schluß! Ich bekenne jetzt: du, Helma, meine Frau, bist meine einzige Liebe.

HELEN Verspotte sie doch nicht.

HELMA Nicht wahr, das tun sie beide?
Du aber auch!

WOLF Ich schwöre es: ich häng an dir und lieb dich viel erfahrener als er.

HELEN *zu Georg.* So schlaff geschworen hat er nie bei mir.

GEORG Halt den Mund! Misch dich nicht ein! Du . . . du Niggernutte!

HELEN *unterdrückt einen Schrei.*

HELMA Sei ruhig. Er will bloß deine Leidenschaft reizen. Er will dich.

HELEN Ha! Du Liebesdiebin! Kennst du ihn etwa besser schon als ich?

WOLF *zu Georg.* Gehst du nicht doch zu weit? Was willst du eigentlich?

GEORG Laß mich. Du bleib nur streng auf deiner Linie. Dann, hoff ich, treffen wir am Ende gütlich aufeinander.

HELMA Ich steh dir bei, du flache Bohnenstange, und du merkst es nicht einmal.

HELEN Ich möchte wissen, was du angestrichener Pferdeapfel hier noch Gutes für mich bewirken willst?

HELMA Ich bin in meiner ganzen Art noch immer gut dazu, daß satte Männer deine düstere Seele reizvoll finden, und darüber sogar einen Rücken, so flach wie mit dem Senkblei gezogen, fast vergessen können.

HELEN Flach! Schon wieder flach!
Ich will dir für deine dankenswerte Langweiligkeit ein paar reife Ohrfeigen schenken!

HELMA Bitte, Männer, haltet sie!
Nur weil sie flacher ist als ich,
braucht ihr nicht glauben, ich sei genauso
muskulös wie sie!

HELEN Männer? Rufst du Männer? Ha!
Männer müssen erst mal Kriege führen,
damit sie wieder lernen, wie man Frauen liebt!
Männer müssen Reiche gründen und den Tod berühren, damit sie Frauen wieder spüren können!
Seid ihr nicht Feinde? Ihr seid doch Feinde,
hier, um diese Frau; warum kämpft ihr nicht?
Will keiner mehr den anderen besiegen?
In den Staub ihn schmeißen und einmal
erleben, wie eine Frau, im Triumph genommen, lieben kann? O no, you simply can't, you can't!
You talk it over and decide to agree.
Denn heutzutage arrangiert man sich
und man verweichlicht lieber durch und durch,
an Mark und Bein und Manneskorpel,
in diesen faulen Friedenszeiten.
Faul! Faul! Faul!

GEORG Frau! Hör zu!
Jetzt gehst du fort von hier.
Ich will dich nicht mehr um mich haben.
Jedes weitere Wort heißt Scheidung.
Ich bin als Mann und Mitmensch nicht verpflichtet, mein Leben an eine rechtsfanatische Person zu hängen.
Du bist verückt!

HELEN Ich bin dir weit gefolgt, mein Herr, aus Liebe.
Beklag dich nicht, daß ich verrückt geworden bin.
Ich war's zuerst nach dir, es griff nur über –
Ich habe mich mit keinem einzigen Gefühl entfernt von dir. Jetzt will ich meine Verrücktheit recht vorsichtig aus der Stadt hinaustragen und sie in dieses abgeschlossene Gefäß hier einsperren – damit ihr sicher seid vor ihr.

Links von der Galerie ruft OBERON: *›Cyprian! Cyprian!‹ Dann wird die linke Hälfte der Bühne hell. Auf der Wiesenböschung liegt auf einem weißen, blutbefleckten Laken* TITANIA *mit dem Hinterteil einer Kuh. Um sie herum stehen die* DREI JUNGEN *und das* MÄDCHEN, ERSTLING *mit dem kleinen* HÖFLING, *der* SCHWARZE JUNGE. HELMA, GEORG *und* WOLF *kommen langsam dazu.* HELEN *bleibt bei der Hecke auf einem Mauervorsprung sitzen.* TITANIA *kriecht, rutscht hilflos auf dem Laken. Sie keucht und sagt etwas wie: ›Schickt die Kinder weg! Die Kinder sollen mich nicht sehn ...‹*
CYPRIAN *erscheint unter den Leuten.*

OBERON Cyprian! Was hast du angestellt?
Im ganzen Haus stinkt es nach Künstlerpech!
Es ist dir rundum alles schiefgegangen!
Die reine Auseinandertreibung, sieh!
Die Blüte echter Liebe wurde schwarz
und faul; wer früher sich nicht leiden
konnte, drängt jetzt mit falschem Eifer zueinander.
CYPRIAN Hast du nicht selbst beklagt, daß Menschen
sich die Lust auf Menschen so verdorben hätten?
Ich hab auf dich gehört. Ich schuf etwas.
Ich tat's in deinem Sinne.
OBERON Cyprian! Was hast du angestellt?
Wer hieß dich denn, das ganz geheime Mittel
an mündigen Menschen zu erproben und es
in alle Welt hinauszustreuen?
Für einen einzigen Auftrag lieh ich
dir die auserwählte Gabe und tat dir
ein Geheimnis kund; du hast es unerlaubt benutzt
und münzt Naturgeist um
in Massenware.
CYPRIAN Sollt ich mein Pfund nachher begraben?
Als alterndes Genie erfolglos weiterkräpeln?
Das hättest du dir denken können:
daß ich, was einmal so bezaubernd wirkt,
noch öfters anzuwenden suche.
OBERON Du durftest nicht. Es war verboten.
Mein Vertrauen hast du frevelhaft mißbraucht.
CYPRIAN Frevel, Frevel. Großes Wort.
Ich bin gewöhnt an eine schlichtere Moral.
OBERON Das merke ich! Du nimmst, was du

nicht gelegt hast und erntest,
was du nicht gesät.

CYPRIAN Ich hab das Meine immerhin dazugegeben.
Ohne mich wärst du in jenem Fall nicht weit gekommen.

OBERON Verflucht ist dein geschäftiges Talent,
weil's nicht nach Sinn und tiefren Zwecken frug!
Die Amulette, fort! Die Talismane!
Schmeißt sie in die Gräben, gute Leute,
die schlechte Mode muß beendet sein.
Wer soll das alles wieder grade richten?

CYPRIAN Was macht ich falsch? Ich gab mein Bestes, Herr!

OBERON Dein Bestes war nun eben schlimm genug.
Man rührt die graue Vorzeit nicht in jemand
an, ohne daß er damit leben kann. Erweckt in
Menschen nicht die nackte Gier,
wenn Kleid und Geist sie streng behindern.
Dann schafft man bloß verrückt Behinderte.
Entzündet keine Seele, bevor man weiß,
daß nicht statt Liebe bald ein anderer,
ganz obskurer Zunder brennt.

CYPRIAN Was schert mich die verwirkte Lebensordnung?
Daran kann ich nichts ändern. Ich verschenke
tausend Blicke, die den Alltag interessanter machen;
das danken mir die Leute.
Ich freu mich sehr, wenn's allgemein gefällt.
Hierunten herrscht die Zeit, mein teurer Herr.
Und ich bin nur ihr eiliger Genosse.

OBERON Titania versetzt in eine blutige Mythe!
Statt streng besänftigt, feierlich bezähmt,
verwildert sie, ein Unhold-Gast aus der Vergangenheit,

von dir noch tückisch nachbehandelt!
Und brüllt, verwundet, nach dem Stier . . .
Oh nein! Am Ende wollte ich Gesichter sehen:
die kluge Lust, nicht geiles Leiberreißen!

CYPRIAN Ich dien dir gern, mein Herr, doch nicht nur dir.
Jetzt bin ich auch ein Untertan der Menge.
Da fand ich einen neuen Herrn,
nach dem ich mich bequemen muß.

OBERON Gier nur nach Erfolg. Falls du jetzt noch
Geschicklichkeit besitzt, so nutz sie bald.
Ich ziehe jeden Einfluß von dir ab
und kündige das Bündnis unsrer Kräfte.
Denn nun entlaß ich dich, mein Cyprian,
und ich entmachte alle deine Werke.
Dann will ich eine Wandlung auf mich nehmen.
Auf die Gefahr, nie wieder Oberon
zu sein, begeb ich mich von meinem Posten
und misch, ein Unglücksrabe unter gleichen,
mich ein in dieses traurige Geschehen.
Nehm meine Macht, den Ruf und das Gehabe
und lös den Stoff von meiner Wesenheit
in ihrer Menschenatmosphäre auf.
Vielleicht gelingt's und sie verbessert sich.
Wenn nicht, begegn' ich mir wie Cyprian:
Ich entlasse mich.

OBERON *verschwindet. Von der Wiesenböschung gehen alle langsam in verschiedene Richtungen ab.* TITANIA *kriecht mühsam weiter.* GEORG *geht vorn an* HELEN *vorbei.*

HELEN Georg!

GEORG Ja?

HELEN Ob nicht alles beim alten bleiben kann?
GEORG Helen . . .
HELEN Schon gut, schon gut.

Dunkel

Akt IV

1. Szene

Die Wiesenböschung, der nächste Morgen. WOLF *und* HELMA *liegen umschlungen im Schlaf. Etwas tiefer sitzt* TITANIA, *im leichten Mantel, modernen Kleid. Neben ihr die Kuhattrappe und das historische Kostüm. Sie sieht sich diese Überbleibsel immer wieder verwundert an, steht auf, betrachtet sie von nahem, setzt sich wieder.*

Im oberen Teil der Böschung liegt ERSTLING *schlafend neben* HÖFLING, *der in seiner alten Mannesgröße hinter einer Zeitung sitzt. Von rechts vorn kommt* OBERON *in einem grauen Straßenanzug und raucht eine Zigarette. Er verbeugt sich zu den Leuten im Hintergrund und stellt sich vor: »Mittentzwei«. Doch niemand beachtet ihn. Er spricht zu leise. Er wirft die Hand mit der Zigarette in die Höhe, als führe er ein Selbstgespräch. »Ich bin zu leise«, murmelt er, »ich habe noch nicht den vollen Ton.« Er geht wieder ab. Sein Auftritt wiederholt sich später, abermals vergeblich. »Es hat keinen Zweck. Sie hören mich nicht. Ich falle ihnen nicht auf.« Dazwischen kreuzt* CYPRIAN, *ebenfalls im Anzug, auf und verschwindet wieder. Er hat Meterband und Schere bei sich und mißt und korrigiert alles, was ihm in die Quere kommt, vom vorstehenden Heckenzweig bis zur Lasche am Hosenbund, die er abschneidet. »Paßt mir nicht« – nämlich die Kleidung –, »Paßt nicht« – nämlich eine Proportion –, »Paßt mir alles nicht« – Widerwille –, »Paßt mir absolut nicht« ...* TITANIA *schminkt, pudert, kämmt sich, betrachtet sich im Spiegel der Puderdose.* WOLF *und* HELMA *erwachen. Sie blinzeln sich an und springen aus der Umarmung.*

WOLF Was ist passiert? Wieso umschlingst du mich?
HELMA Ich wach auf und bin von dir umschlungen.
WOLF Was ist passiert?
HELMA Weiß nicht. Ist was passiert?
WOLF Das ist mir noch nie passiert.
Nicht einmal, wenn ich betrunken war.
HELMA Jetzt ist vielleicht etwas passiert
und ich kann mich nicht einmal daran erinnern.
Jetzt war vielleicht etwas,
und ich hab ein totales black out.
Sie steht auf und nimmt ihre Jacke.
WOLF Was hängt da an deinem Hals?
HELMA Huch! . . . Ach so. Das Ding.
WOLF Ekelhaft!
HELMA Wie schnell sowas wieder aus der Mode kommt.
WOLF Schmeiß es weg.
HELMA He! Es war sehr teuer.
WOLF Weg damit!
Sie reißt es ab und wirft es in die Hecke. Beide ab.

ERSTLING *erwacht neben* HÖFLING.
ERSTLING Na, Bürschlein, was liest du morgens
in der Zeitung wie ein Alter!
Verstehst doch gar nichts, hm, mein Spatz?
HÖFLING Sie haben schon wieder eine neue Frucht entwickelt. Eine Kreuzung zwischen Aubergine und Tomate. Sie werden noch alles miteinander vermengen, die Brüder.
ERSTLING *richtet sich auf und blickt über den Rand der Zeitung, setzt sich wieder.*
ERSTLING Höfling?
HÖFLING Ja?

ERSTLING Aus der Traum. Ich wußte es, eines Tages, aus der Traum.

HÖFLING Was ist denn?

ERSTLING Meine Güte! Wie schnell man sein Herz an so einen kleinen hübschen Bengel hängt! ... Die süße Pfote in meiner Hand, damit er mir nicht bei Rot über die Straße witscht.

HÖFLING Keine Architekten werden gebraucht.
Es ist zum Knochenkotzen.

Er steht auf, wirft ERSTLING *die Zeitung hin, geht nach rechts hinter der Hecke ab.*

ERSTLING He! Du Paprikaschote! Nun warte doch auf mich!

Er läuft hinter ihm her. TITANIA *geht zur Hecke. Sie verschwindet wie zum Austreten zwischen den Sträuchern.* CYPRIAN *kommt von links. Er stellt sich neben die Hecke.*

CYPRIAN Oberon? Hörst du mich? Oberon?

TITANIA Nicht da.

CYPRIAN Titania?

TITANIA Nicht da.

CYPRIAN Spinnweb, Motte, Erbsenblüte?

TITANIA Nicht da, nicht da.

CYPRIAN Nicht da, nicht da!
Himmel, Erde, Mondschein,
Übersee und Menschenkind?!

TITANIA Nicht da, nicht da, nicht da.

CYPRIAN *nach rechts ab. Hinten klettert der* 2. JUNGE *über die Wiesenböschung. Er streichelt Titanias Kostüm und macht sich darüber her. Vorn vor der Hecke steht das* MÄDCHEN. *Die Arme seitwärts von sich gestreckt, als stütze sie sich gegen eine Mauer ab, schreit sie Passanten an: ›Schwein!‹, ›Sau!‹. Nacheinander kommen vorbei:* GEORG, HELMA, *mit Wolfs*

Jackett über dem Arm, und schließlich OBERON. *Im Augenblick des Anschreis stolpern sie oder springen zur Seite.* OBERON *bleibt nahe der Hecke starr stehen und bedeckt sein Gesicht mit beiden Händen. Der* 2. JUNGE *kommt mit dem Titania-Kostüm nach vorn.*

MÄDCHEN Schwein!
2. JUNGE Sei ruhig.
MÄDCHEN *zeigt auf Oberon.* Der Typ da ist mein Vater! Ehrlich!
Der 1. *und der* 3. JUNGE *springen hinter der Hecke hervor und halten ihre brennenden Feuerzeuge an Oberons Jackentaschen.*
1. JUNGE Vater, Vater!
3. JUNGE He! Du Vater, rauch noch eine!
1. JUNGE Na, Vater, rauch noch eine!
3. JUNGE *schüttet Bier auf den angesengten Stoff.* Trink noch eins, Vater!
1. JUNGE Noch'n Bier, Vater, na komm!
MÄDCHEN Nico! Spinnst du? Du spinnst doch!
Der hat's ihr auf den Rock gemacht!
Der hat ihr auf'n Rock gekleckst, so'n Kack!
2. JUNGE Ihr habt ganz hübsch was abgekriegt, wie?
Ja, ich hab's gleich gewußt. Plötzlich irgendwann
gibt's ein böses Erwachen. Leer. Alles leer. Na warte.
Ich hab sie nämlich ganz gut gekannt.
Sie hat mir mal einen Brief geschrieben.

2. Szene
(›Troja‹)

Öder Platz. Ein kleines dreieckiges Grundstück, Asphaltboden, schwarzrotgoldfarbener Lattenzaun. Aus dem Boden ragt die Antenne eines Radios, an deren Ende eine kleine BRD-Fahne befestigt ist. WOLF *drückt ein Ohr an den Asphalt und lauscht einem Gemisch von Akkordeonmusik und Politikerreden, das leise und verzerrt aus der Erde quäkt.* HELMA *daneben auf einem Stuhl, Wolfs Jackett im Schoß.* OBERON/MITTENTZWEI *geht hinter ihnen am Zaun auf und ab und raucht eine Zigarette.*

HELMA Wie kann sich ein erwachsener Mann so total ins eigne Vaterland verschießen! Was ist das bloß, das einen ausgebrannten Fall wie ihn zu Tränen rührt, wenn einer nur den richtigen deutschen Ton anschlägt? Wird mir immer verborgen bleiben. ›Ich liebe dich, mein Land, mein armes stolzes Vaterland, ich liebe dich‹ . . . Bin froh, daß wenigstens das noch läuft. Das einzige, was ihn noch rührt, ist die Nation. Sonst herrscht Ebbe im Blut. Aber total. Das einzige, wo er sich noch was abholen kann, ist der gewisse, ganz besondere Bibberton. Bin froh, daß wenigstens das noch läuft. Wer weiß, wie lange noch. Mein vaterländischer Frühaufsteher! Säß ich nicht neben ihm, dann wär ihm nur halb so pudelwohl ums Herz. Das sagt er selbst. Immerhin ist man nicht ganz umsonst auf der Welt. Was wird, wenn die einst nichts mehr senden?! Aus Troja unten, aus tieferer Schicht, käm hier kein Ton mehr zu uns rauf . . .! Ich könnt ihn ganz bestimmt nicht halten. Ich allein besäße nicht die Kraft. Nicht einmal die Hand gibt man sich mehr. Weshalb sollte man sich auch die Hand geben nach so vielen Jahren? Und also gibt man sich gar nichts mehr. Er gibt mir seine Hand nicht, ich gebe ihm meine nicht. Schon der leiseste Versuch wäre das Ende. Ich wüßte nicht, was ich anderes empfinden würde, wenn wir beide uns die Hand gäben, als daß es unwiderruflich zuende sei. Aus und vorbei. »Leb wohl, mein Herz« – »Leb wohl, du treue Seele«. Solche Töne wären die natürliche Folge eines Händedrucks. Ganz automatisch. Mir nichts, dir nichts. Worte wie diese sprängen uns wie ein Silberquell von den Lippen, wenn wir uns die Hände drückten. Jawohl: ein Abschied reinsten Wassers. Ohne Wenn und Aber sozusagen. Selbst wenn er einmal stürzte und alleine nicht vom Boden hochkäme, so würde ich immer von hinten an ihn herantreten und ihm unter die Arme greifen und mit den Knien im Kreuz hochdrücken. Das habe ich mir schon ausgemalt. Niemals würde ich von vorn an ihn herantreten und ihn bei der Hand hochziehen. Allein schon von vorn! Auch so ein Problem. Ich bring es nicht mehr über mich, ihn grad von vorne anzusehen. Das ist mir nicht mehr gegeben. Dabei, wie schön, wie einzigartig war es doch, sich Aug in Auge gegenüber – oh, und wie willkommen waren wir uns einmal! Gänzlich ausgeschlossen. Es ist genau dasselbe: von vorn, Aug in Auge, Händedruck, Lebwohl, aus und vorbei. Eins folgt aufs andere. Ganz von selbst, automatisch. Ich werde mich hüten. Wir hüten uns beide. Wir sitzen doch überall wie die Krähen nebeneinander und teilen das gleiche Blickfeld. Ein Vis-à-vis wäre das Ende. Unwiderruflich. Wenn dieser Mann und ich uns gegenüberträten, wüßte ich, jetzt ist es vorbei. Schon das leiseste Aug in Auge wäre das sichere Zeichen zum Aufbruch. So etwas geht dann unter Umständen ruckzuck. Ein Blick, ein Schritt aufeinander zu, ein Händedruck, ein Lebewohl. Eins zieht das andere nach sich. Aus und vorbei. Selbst wenn er einmal vom Einkauf mit zwei schweren Taschen zurückkäme und ich ihm die Haustür öffnen müßte, so würde ich es immer mit gesenktem Kopf tun und nahezu so, als gierte ich nur nach seinen prallen Taschen. Darauf bin ich längstens vorbereitet. Niemals würde ich den Kopf zu hoch halten und ihn fragen, ob er auch an die täglich benötigten, täglich frischen Meringen gedacht hat, die er so leicht vergißt und später dann so schwer vermißt. Allein schon: ihn etwas fragen! Das ist nun ganz bestimmt der sicherste Weg, um eine unkontrollierbare Kettenreaktion auszulösen. Frage, Blick, Schritt, Hand, aus. Dabei, was für ein unvergeßlicher Genuß! Eine leichte, moderne, anschmiegsame Frage, und darauf eine profunde, uralte Antwort! Was gäb ich nicht dafür, mich einmal wieder rundherum, von Kopf bis Fuß *beantwortet* zu fühlen. Ich fürchte, meine armen Ohren glühten feuerrot und schwöllen wie die Hahnenkämme ... Aber wo denke ich hin! Auch nur der leiseste Anflug einer Antwort bedeutet das strikte Ende. Nichts anderes als das. Deshalb wäre eine Frage an ihn so ungefähr das letzte, was mir passieren dürfte. Wenn noch reden, dann jeder für sich. Wenn noch Hände, dann die eigenen. Wenn noch Blicke, dann, bitte, die gleiche Richtung. Wenn überhaupt, dann so. Alles andere wäre der glatte Selbstmord. Ich höre ihn ja. Er schwärmt fürs Vaterland. Und ich dächte wohl, er hört auch mich. So ist es ja nicht, daß wir überhaupt nichts voneinander hätten. Wir lassen uns bloß extrem in Ruh. Ich liebe das Vaterland nicht wie er. Ich liebe ihn. Wenn wir es schaffen wollen, brauchen wir nur so weitermachen wie bisher ...

OBERON/MITTENTZWEI *springt über den Zaun und spricht freundlich, jedoch lautlos auf die beiden ein.* WOLF *weicht zurück und faßt* HELMAS *Hand.*

3. Szene

Vor der Hecke. Der SCHWARZE JUNGE *kommt von links.* CYPRIAN *holt eine Schachtel aus seiner Tasche, öffnet sie, nimmt eine Figur heraus, hält sie auf der offenen Hand.*

CYPRIAN Sieh! Für dich. Obszön, was?
Er lacht.
Mächtig obszön, wie? Für dich.
Es ist für dich gemacht. Da!
Der SCHWARZE JUNGE *schlägt ihm die Figur aus der vorgestreckten Hand.* CYPRIAN, *erregt, bückt sich, sucht nach ihr.*
CYPRIAN Es ist kaputt ... *leise* Du dreckiger Hund.
Der SCHWARZE JUNGE *setzt einen Fuß auf* CYPRIANS *Flanke und stößt ihn mit ruhigem Tritt um.*
CYPRIAN Nicht, nicht ... Ich hab Geld. Ich hab auch Geld.
Hier, Geld, jede Menge.
Komm her, komm, zähl es, zähl das Geld!
Der Junge kniet neben CYPRIAN. *Er nimmt das Geld aus dessen Hose. In diesem Augenblick hält* CYPRIAN *die große Schere in beiden Händen und setzt ihre Spitze auf den Nacken des* SCHWARZEN JUNGEN.

CYPRIAN Mach. Mach!

Er drückt den Kopf des Jungen nach unten. Der Junge streift ihm die Hose runter.

CYPRIAN Mach. Mach!

Plötzlich schlägt der Junge CYPRIANS *Arme zurück, so daß die Schere ihm entfällt, greift einen Stein,* CYPRIAN *krallt seine Hände um den Hals des Jungen, der Junge schlägt mehrmals den Stein in* CYPRIANS *Gesicht.* CYPRIAN *hält sich den Kopf und strampelt wild mit den Beinen. Erstarrt plötzlich. Der* SCHWARZE JUNGE *rennt weg.*

Die Bühne wird fast dunkel. Auf der rechten Seite blendet kurz auf: das Vorstadthaus, in dem HELEN *jetzt lebt. Ein fast leerer Raum, im Hintergrund ein türloser Ausgang auf einen Sandweg. Links ein Fenster, davor ein Tisch und zwei Stühle. An der rechten Wand ein Sofa mit Rückenlehne, darüber ein Bettlaken. Daneben Waschtisch mit Schüssel und Krug. Ein Mann in schwarzem Parka mit Kapuze auf dem Kopf, in schwarzen Jeans und schwarzen Schuhen geht langsam aus dem Zimmer und betritt den Weg.*

HELEN, *auf dem Sofa liegend, richtet sich auf. Dunkel.*

Auf der linken Seite der Bühne sind Rufe zu hören. WOLF *schreit: »Sie haben den Schnitzer erschlagen!« Ein Chor von jungen und alten Stimmen antwortet mit sehr kurzen Stakkato-Rufen, ähnlich den hetzenden Anfeuerungen bei Skiabfahrtsläufen: »Ho ho ho ho ho!«* WOLF, *gegen den anschwellenden Chor: »Was ruft ihr da? Ich versteh euch nicht!«*

Der Chor bricht in ein Gelächter aus. Dann wird es auf der linken Bühnenseite hell. OBERON *steht neben dem toten* CYPRIAN.

OBERON Das hab ich nicht gewollt, mein Cyprian.
Das hab ich nicht gewollt!
Und konnt es doch nicht hindern.
Bin nicht mehr dein Herr,
bin jetzt nur noch dein blöde lispelnder Gefährte.
Ich kann nichts mehr.
Das Spiel, das ich ersann,
hat meine eigene Entartung vorgesehen.
Der Streit ist aus, Titania: die Liebe hat verloren!
Sieh zu, daß du der Zeit entkommst,
bevor ihr langer Arm dich packt.
Für mich ist's schon zu spät.
Meine Macht, mein Ruf sind leer,
mein Gesicht so flach und allgemein,
wie eine Maske aus Papier,
die ein vergnügtes Kind verwarf,
und treibt im Staub, wohin der Wind sie will.

4. Szene

HELEN *im Vorstadthaus. An den Wänden obszöne Kritzeleien. Sie sitzt auf dem Sofa, der* MANN IN SCHWARZ *auf einem Stuhl am Fenster. Nur der Rücken ist zu sehen und seine über den Knien gefalteten Skelettfinger.*

TOD Du hast mich rufen lassen?
HELEN Nein! Ich habe dich nicht rufen lassen!
TOD Seltsam. *Er will aufstehen.*
HELEN Bleib.
Warst du immer das Schreckliche, das du jetzt bist?
TOD *zuckt die Schultern.*

Helen Willst du mich warnen? Willst du,
daß ich ein besseres Leben führe?
Willst du, daß ich dich . . .
trotzdem in die Arme nehme?

Tod Ich hab nicht viel zu sagen. Ich tu nix.
Ich bin bloß da. Und dieser nichts vertretende Gesell bin ich immer gewesen und hab mich doch immer gewundert, weshalb mich keiner anschaut.

Helen Aber du bist der Tod. Du hast die Macht.

Tod Ich glaub nicht daran.

Helen Du machst dich klein, du machst dich lieb –
nur um mich für dich zu gewinnen?
Sie steht auf, geht an die Schwelle.
Es ist still hier, nicht?

Tod Ja.

Helen Sehr still.
Jeden Morgen, wenn die Sonne über den Hügel kriecht, denk ich noch, bald kommt der Postbote, gleich steht der Nachbar auf. Aber all das fehlt hier. Da könnte die Sonne achterbahnfahren am Himmel und hier blieb's immer gleich und immer still.

Tod Ja.
Helen *dreht sich zu ihm um.*

Helen Du bist also das Nichts.
Ein Männlein.

Tod *kichert ein wenig, hebt die Schultern.*

Helen Was für ein Geschrei! Was für ein Gewese!
Und dann kommt – dann kommt:
der kleine Kumpan.

Tod Ja. So ist es.

Helen Wo sind die aufspringenden Feuer,
die aufspringenden Türen, wo bleibt das Böse?

TOD Tja. Alles halb so schlimm, wie?

Er steht auf.

HELEN Komm mir nicht zu nah!

5. Szene
(›Seinesgleichen‹)

TITANIA *auf der Galerie. Unten vor einer Rundbank drei junge Männer in weißer Sportkleidung. Der* 1. MANN *zieht sich gerade die langen weißen Hosen aus. Der* 2. MANN *hat den Fuß auf die Bank gestellt und knüpft den Senkel seines weißen Schuhs auf. Der* 3. MANN *streift gerade einen Pulli über den Kopf. In diesen Haltungen verbleiben sie, wenn* TITANIA *sie von oben anruft.*

TITANIA Unter euch, die ihr einander so ähnlich seht wie drei gut geknetete Schneebälle, befindet sich einer, der ist mein Geliebter und mein Herr. So wie ihr dasteht, kann ich ihn nicht erkennen. Er hat eine goldene Stimme und ein tüchtiges Haar auf dem Kopf. Ich weiß, daß er sich unter seinesgleichen, unter Männern, die ihm zum Verwechseln ähnlich sehen, versteckt hält, sonst hätte ich ihn längst gefunden. Solange ich auch suchte, und faul war ich nicht, niemals fand ich welche, die sich ähnlicher sahen als ihr drei Sportsleute dort unten. Sprich also du, Mann, der sich die langen Hosen ausziehen möchte, als erster.

1. MANN Ich habe wohl eine goldene Stimme und auch ein tüchtiges Haar auf dem Kopf. Aber verliebt war ich mein Lebtag noch nie. Deshalb komme ich nicht in Frage.

TITANIA Jetzt sprich du, schnürsenkelaufknüpfender Mann.

2. MANN Auch ich habe eine goldene Stimme und ein tüchtiges Haar auf dem Kopf. Doch ernähr ich Frau und zwei Kinder zuhaus. Deshalb kann ich es nicht sein, den du suchst.

TITANIA Nun sprich du, pulliüberdenkopfstreifender Mann.

3. MANN Ich brauch nicht zu sprechen, denn ich habe keine goldene Stimme.

TITANIA Zieh den Pulli aus, damit ich dich besser hören kann. Du bist mir verdächtig, der Gesuchte zu sein.

Der 3. Mann streift den Pulli über den Kopf, aber nicht von den Armen.

TITANIA Nun sprich!

3. MANN Ich habe keine goldene Stimme und kann es nicht sein.

TITANIA Und ob du eine goldene Stimme hast! Sei bloß nicht so bescheiden, das hilft dir gar nichts. Du brauchst dich vor den anderen nicht zu verstecken. Und ein tüchtiges Haar hast auch du.

3. MANN Ja. Aber ich bin viel zu schüchtern, um der Geliebte einer Frau wie dir zu sein.

TITANIA Pullimann, Hosenmann, Schnürsenkelmann! Einer von euch muß es sein. Ich weiß es.
Aber da du, meine unerblickte Freude, es verstehst, mich durch Lug und Trug zu blenden, will ich keine weiteren Fragen stellen. Ich warne dich! Tritt von alleine heraus und gib dich zu erkennen. Ich warne dich, denn ich bin imstande und erzähle deinen beiden Freunden, was für ein Verhängnis du bist, welch ein Rohling und welch ein Hasenfuß. Was für ein Betrüger

du bist, das sehen sie ja selber!
Na? Wird's bald? . . . Du da! Tritt vor. Du bist es.

3. MANN Wer? Ich?

TITANIA Wer sonst? Glaubst du, ich hätte dich nicht gleich erkannt, ohne daß ich dein Gesicht sah, wie du nur dastandst, mit dem Pulli über dem Kopf, ach mein Einziger!

3. MANN Warum denn ausgerechnet ich?

TITANIA Ha! Typisch! Hab's noch genau im Ohr: ›Warum denn ausgerechnet ich?‹ Wie oft hab ich das gehört! Jedesmal, wenn man ihn bittet, den Wein zu besorgen, den Tisch mit Blumen zu schmücken. Oh, meine geliebten kleinen Unarten!

3. MANN Moment, Moment! Selbst wenn ich mich einmal in die Lage versetzte, dein Geliebter zu sein, so ist es mir doch völlig unerklärlich, warum gerade auf mich ein so hartnäckiger Verdacht fällt. Wieso überhaupt? Was tue ich denn so schrecklich anderes als die beiden anderen Herren, die doch genauso in Frage kommen?

TITANIA Hosenmann! Kennst du den da?

1. MANN Den – Pullimann?

TITANIA Ja.

1. MANN Ich bin ihm eben auf dem Rasen zum ersten Mal begegnet.

TITANIA Und du, Schnürsenkelmann, wer ist Hosenmann?

2. MANN Ich bin den beiden Herren eben auf dem Rasen zum ersten Mal begegnet.

TITANIA Himmel! Ihr bringt mich ganz durcheinander! Was weiß denn ich, wie ich dich finden soll, du entschlüpfter Gott! »Apollon flieht und Daphne hält die Jagd. Die Geschichte kehrt sich um.« Ich will in Güte unseren Streit beenden: ich liebe dich!

2. MANN Äh ... wen meinen Sie jetzt?

TITANIA Dich!

2. MANN Nicht doch, bitte, machen Sie mir keine Unannehmlichkeiten.

TITANIA Hosenmann! Ich will dich etwas fragen. Antworte mir offen und ehrlich. Es hängt alles davon ab. Du hast gesagt: nie seist du noch in jemanden verliebt gewesen. Nun, sieh mich an. *Sie öffnet ihren Mantel.* Sieh mich an. Sieh dir alles an. Sieh hin, wo du nur hinsehen willst. So. Und jetzt frage ich dich: könntest du dich wohl in mich verlieben?

1. MANN Ich bin allerdings verblüfft. Soviel Schönes hab ich an nur einem Menschen noch nie betrachtet. Ich sag's, wie's ist, ich sage: ja.

TITANIA Schnürsenkel. Du hast Frau und Kinder. Würdest du mich trotzdem nehmen?

2. MANN Du weißt, ich lüge nie – mein Wort ist: ja.

TITANIA Pulli. Angenommen, du vergäßest einmal deine Schüchternheit –

3. MANN Du liebe Güte! Wenn du mir ein wenig nur entgegenkämst, sofort, ich meine: ja –

TITANIA Jeder von euch wäre also bereit, mich zu seiner Geliebten zu machen?

1. MANN Eine solche Frage sollte man nicht länger theoretisch aufwerfen.

2. MANN Bitte, werfen Sie nicht den mageren Knochen eines gefährlichen Gedankenspiels in unsere Mitte.

3. MANN Wir haben den Braten schon gerochen und kommen langsam angekrochen.

TITANIA Einer unter euch ist der gemeinste Heuchler, der auf dieser gottverlassenen Erde herumläuft. Denn er behauptet, er gelobt, er schwört's: er möcht sich gleich in mich verlieben, obwohl er mein entlaufner Gatte ist, der sich verleugnet! Pfui Teufel, sage ich. Ich weiß ja, er hört mich jetzt. Dort unten steht er. Und noch eines sage ich ihm mitten in sein Herz hinein: St. Johannsnacht! Mehr sag ich nicht. Er weiß Bescheid. Seht nur: jetzt wird er bleich.

Die drei Männer beobachten einander.

TITANIA Und ihr beiden anderen Kerle, die ihr ihn schützt und unter eurer lächerlichen Ähnlichkeit versteckt? Was mache ich mit euch?

3. MANN Ich schütze niemanden und halte niemanden versteckt. Glaub mir!

2. MANN Wenn ich den Schurken finde, dann liefere ich ihn aus!

1. MANN Na, na. Sie sind doch als erster zusammengezuckt, als die Stimme der Dame von der Galerie erscholl.

3. MANN Jawohl, die Bank tat einen Ruck, als Ihnen der Schreck durch den aufgesetzten Fuß gefahren ist.

2. MANN Nun hören *Sie* aber auf! Sie sind kreidebleich geworden, als die Stimme von oben kam. Ihr Nacken war so weiß wie Ihre Wäsche da.

3. MANN Sie tragen die gleiche Wäsche wie ich. Sie brauchen nicht auf mich zu zeigen.

1. MANN Ich kenne Sie beide nicht, meine Herren. Aber etwas, das die Dame bereits angesprochen hat, ist auch mir aufgefallen: daß Sie sich nämlich zum Verwechseln ähnlich sehen.

3. MANN Das sagen ausgerechnet Sie, der diesem Herrn dort wie aus dem Gesicht geschnitten gleicht.

1. MANN Also, das ist eine alberne Retourkutsche, damit kommen Sie nicht weit. Ich bin hier wohl guten Gewissens der einzige, der niemandem ähnlich sieht.

2. MANN Da täuschen Sie sich. Ich dachte schon, als ich hereinkam: Donnerwetter, Sie und der Herr dort gleichen sich ja wahrhaftig wie ein Ei dem anderen.

1. MANN Finden Sie etwa, daß ich Ihnen ähnlich sehe, wie dieser Herr, Ihr Doppelgänger, es behauptet?

3. MANN Nein. Keine Spur. Kann ich nicht finden.

1. MANN Also! Wenn Sie mir nicht ähnlich sehen und diesem Herrn wie ein Zwilling gleichen, dann bin ich doch wohl der einzig halbwegs Unverwechselbare hier.

2. MANN Sie sehen *ihm* ähnlich! Während ich durchaus nicht finden kann, daß er mein Doppelgänger wäre. Keine Spur. Ich sehe hier niemandem ähnlich.

TITANIA Schluß! Ihr seid unfähig, den falschen Fremden, der nur so tut, als kenne er mich nicht bis in die geheimste Hautfalte, unter euch ausfindig zu machen. Mir allein obliegt es, den Treulosen zu entdecken in diesem männlichen Einerlei, das grausam ist. Hört zu. Ihr habt alle drei erklärt, daß ihr mich zu eurer Geliebten machen würdet. Ist das richtig?

1., 2., 3. MANN Ja, jawohl, sofort.

TITANIA Wie würde aber nun ein jeder von euch handeln, wenn ich nicht nur seine, sondern zugleich auch die Geliebte von euch beiden anderen Schlingeln da unten wäre, hm?

Die drei Männer äußern Laute des bedenklichen Zurückweichens. »Oh, oh«, sagt der eine. Der andere zieht Luft durch die Zähne, wiegt skeptisch den Kopf, der dritte macht einen kleinen enttäuschten Schnalzer mit der Zunge.

TITANIA Ich höre schon, das wär euch nicht so recht. Das heißt doch aber: ihr wärt bereit, untereinander in Konkurrenz zu treten, damit am Ende derjenige, der sich am meisten auszeichnet, mich für sich allein bekäme?

Zustimmendes Gemurmel der Männer.

Mit einem Wort: ihr würdet um mich kämpfen! Ich frage euch: wärt ihr bereit, euch gegenseitig bis aufs Messer zu bekämpfen, um mich zu bekommen?

1. MANN Das glaube ich eigentlich nicht. Oder?

3. MANN Nicht unbedingt.

2. MANN Das ist in diesem Ausmaß heute nicht mehr üblich.

TITANIA So? Und was würde jeder von euch tun, wenn er mich nicht zu seiner Geliebten bekäme?

Schnürsenkel!

2. MANN Also ich würde mir bestimmt in den Arsch beißen. Entschuldigung. Aber wenn mir etwas so Schönes durch die Lappen ginge, würde ich wohl denken, ich hätte vielleicht doch nicht alles getan, um es zu kriegen.

TITANIA Hose!

1. MANN Wenn ich mich richtig angestrengt hätte, und ich kriegte Sie am Ende dann doch nicht, würde ich wahrscheinlich, wenn ich mich richtig einschätze, den Beleidigten spielen.

TITANIA Pulli!

3. MANN Wenn Sie mich fragen, dann würde ich mir wohl sagen: man kann schließlich auch von ihr träumen. Wenn's denn nicht anders sein soll, dann träum ich eben von Ihnen, notgedrungen.

TITANIA Es wäre also für keinen von euch eine wirkliche Katastrophe, wenn er mich nicht bekäme?

1. MANN Eine ausgesprochene Katastrophe würde ich es nicht nennen.

2. MANN Pech! Ausgesprochenes Pech.

3. MANN Schade, aber nicht zu ändern.

TITANIA Nun, du unerweichlicher Hüter meines Glücks, jetzt sprachen sie alle drei mit einem Mund, und es ist dein wunderschöner, dein grausam müder Mund, mein Herr. Ich sehe wohl, daß ich vergeblich nach dir rief. Gegen deine Gleichgültigkeit werde ich niemals siegen. Ich kann nicht mehr. Du bist unkenntlich geworden und ich werde dich nicht finden. So geb ich denn auf. Ich habe dich nicht gesehen und kann dir das Wichtigste nicht sagen, das ich dir je zu sagen hatte. Denn es ist etwas, das nur du allein wissen darfst.
Glaub mir, es ist nicht das gewöhnliche Geheimnis einer Frau, die sich interessant machen will. Oder einer Frau, die prompt ins Fettnäpfchen tritt, mit dem was sie dir schenkt. Mein Geschenk an dich wäre eine Wahrheit gewesen, die du gut hättest gebrauchen können. Sie wäre dir von großem Nutzen gewesen.
Mehr sage ich nicht. Es wär auch nicht bloß ein Wort aus Schall und Hauch gewesen, sondern dazu käme ein schönes *Ding*, ein sehr schönes, ein ganz besonders schönes Ding ... Aber das bekommst du nun nicht. Ich küsse dich. Leb wohl.
Sie läuft davon.

1. MANN Am Ende hat sie mich gerührt.
2. MANN Mich auch. Ich gebe es zu.
3. MANN Es ist eine kolossale Schweinerei von dem Betreffenden, meine Herren, sich nicht zu melden und vorzutreten, wie es die Ehre verlangt, und diese großartige Frau wissen zu lassen, daß man ihr Geliebter ist oder war, verdammtjuchee! Man kann sich doch wenigstens zu erkennen geben, wenigstens das! Hinterher findet man immer noch einen Grund, wenn's drauf

ankommt, alles abzuleugnen. Man findet immer ein Schlupfloch ins Freie!

2. MANN Sie wissen doch, daß es nur komisch ist, wenn gerade Sie sich so ereifern. Sie waren von Anfang an der einzig wirklich Verdächtige unter uns.

1. MANN Meine Herren: diese Frau hat allerhand durchgemacht. Sie besaß die Kraft und die Schönheit einer wahren Märtyrerin der Liebe –

3. MANN Das ist natürlich ein hübscher Trick, ich muß schon sagen, jetzt so zu tun, als habe man Feuer gefangen. Ein hübscher Trick, wahrhaftig. Sie, der in seinem Leben noch nie verliebt war und jahrelang mit dieser Frau zusammenlebte, ohne ihr zu sagen, daß er niemals in sie verliebt war, ausgerechnet Sie müssen jetzt so tun als ob!

1. MANN Schweigen Sie! Sie sind ein Fisch. Sie sind doch der fürchterlichste Irrtum, der dieser leidenschaftlichen Frau passieren konnte. Da tauchen Sie feige hier bei anständigen Männern unter und selbst, als Mann, können Sie nicht mal piep sagen!

Alle drei gehen unter die Galerie und kleiden sich um.

3. MANN Ha! Das ist ja leicht, nein wirklich, das ist ja ein leichtes, einem Schüchternen eins auszuwischen. Am Schüchternen bleibt ja immer alles hängen. Daran habe ich mich gewöhnt . . . Ich hatte eine Geliebte. Ich will Ihnen etwas erzählen. Sie kam ein, zwei Mal im Monat zu mir und brachte Marmorkuchen mit. Den aßen wir auf und tranken einige Gläschen Rotwein dazu. Sie verstehen: wir waren ein Herz und eine Seele.

2. MANN Sagen Sie: können Sie eigentlich nicht obszön sein oder wollen Sie es nicht? Es ist mir draußen auf dem Rasen schon aufgefallen: dauernd steuern Sie auf

etwas zu, das logischerweise auf eine Mordssauerei hinauslaufen müßte und dann landen Sie bei irgendeiner albernen Kaffeeundkuchengeschichte. Offenbar bin ich mit Frau und Kindern der einzige gesunde Mann in dieser Runde. Sie, Herrgott, Sie waren noch nie verliebt, und Sie – Sie sind viel zu schüchtern, um einer Frau wie der von der Galerie auch nur in den Mantel zu helfen!

1. MANN Mit anderen Worten: es kommt nur einer in Frage, der der Geliebte dieser Dame war und sich die ganze Zeit über wie ein feiges Schwein benommen hat.

2. MANN Hören Sie auf! Sie müssen nicht jedes Wort auf die Goldwaage legen.

3. MANN Doch! Einer von uns dreien ist der schmutzigste Betrüger, der mir je begegnet ist. Es ist wohl aller Mühe wert, diesen Schubiak ausfindig zu machen.

2. MANN Wenn ich der schmutzigste Betrüger von uns dreien wäre, glauben Sie, ich würde mir einen solchen Schnitzer leisten und mich verplappern? Glauben Sie das wirklich?

3. MANN Nein. Eigentlich nicht.

Alle drei treten in ihren Bundeswehruniformen unter der Galerie hervor und stellen sich mit dem Rücken zur Rampe nebeneinander. Alle drei kreuzen ihre Hände auf dem Rücken. Dem Mann in der Mitte fehlt der Handschuh an der rechten Hand. Die beiden anderen Männer blicken mit leicht zurückgeneigtem Kopf auf die unruhige nackte Hand. Ihre Blicke wandern nach oben und durchdringen den ungleichen Mann.

6. Szene

GEORG *und* WOLF *im Park.*

WOLF *reicht* GEORG *einen Feldstecher.* Siehst du das Haus dort oben?

GEORG Ja.

WOLF Warte noch einen Augenblick. Gleich geht ein Licht an.

GEORG Helen! . . . Wo ist sie? Wo liegt das Haus? Wer ist der dunkle Typ da neben ihr? Ich muß zu ihr!

WOLF Nein. Unterbrich sie nicht.

GEORG Sie steht am Fenster und blickt hinaus. Es ist, als sähe sie mich.

WOLF Das ist unmöglich. Wir sind weit entfernt.

GEORG Aber doch scheint es, als suchte sie mich in ihren Gedanken . . . Sie hat sich einen Gast zum Abendessen eingeladen.

WOLF Ein ständiger Gast scheint mir der zu sein.

GEORG Sie neigen sich über den Tisch, sie reichen sich die Hände. Ich muß zu ihr!

WOLF Bleib. Es ist zwecklos. Unterbrich sie nicht.

GEORG ›Unterbrich sie nicht‹! Worin? Wer ist der Kerl? Ich werde ihn aus dem Feld schlagen!

WOLF Das wird dir nicht gelingen.

GEORG Wer ist es? Wie heißt er?

WOLF Tod.

GEORG Mit Vornamen!

WOLF Georg: der Tod.

GEORG Rede keinen Unsinn. Wo wohnt er? Wo treff ich ihn? Diesen schwarzgelackten Affen!

WOLF Mit dem willst du's aufnehmen? Ha!

GEORG Ich werde ihn zum Teufel jagen. Verlaß dich drauf!

WOLF Ja, das versuch einmal. Versuch es nur . . .

7. Szene

HELEN *allein im Vorstadthaus. Sie erhebt sich von ihrem Sofa. Auf dem Laken der schwarze Abdruck des Skeletts. Sie geht zum Waschtisch und wäscht sich.*

8. Szene

Im Park. GEORG *sitzt verstruwwelt und mit schwarzen Flecken im Gesicht auf dem Sandhaufen.* WOLF *kommt hinter der Hecke hervor.*

GEORG Ich habe ihn gar nicht richtig zu fassen gekriegt.

WOLF Aber er hat dich mächtig gezaust.

GEORG Hätt ich ihn zu fassen gekriegt, dann läg jetzt hier ein seltner Knochenfund.

WOLF Er hat dich einfach hingeschmissen.

GEORG Kunststück! Wenn man jemanden zu fassen kriegt wie mich, dann kann man ihn auch umwerfen.

WOLF Jetzt heißt es zugeben, daß Helen mit dem Stärkeren zusammen ist.

GEORG Ja, ja. Du bist mir der rechte Tröster.
An dir hat man seine Freude.
Was hast du gemacht? Dich hinter der Hecke versteckt?

WOLF Ich habe dich gewarnt. Unterbrich sie nicht, hab

ich gesagt. Ich weiß, daß man sie nicht unterbrechen darf, solange der Kraftprotz mit ihr im Gange ist.

GEORG Verdammter Spuk! Was tu ich bloß?
Du glaubst, es dauert seine Zeit?
Ich will dich etwas fragen, Wolf.
Glaubst du, daß unser Tod – ich meine:
der Tod für uns Männer, daß es eine Frau sein wird?

WOLF Gerechterweise müßte es eine Sie sein. Schwarze Locken, schwarze Brüste. Ich wüßte nicht, wie mir wär, wenn es anders käme. Wenn im letzten Augenblick so ein Mannsbild vor mir stünde!

GEORG Ich habe Helen bitter Unrecht getan.
Ich habe ihr Fanatismus und Besitzgier vorgeworfen.
Dabei hat sie für mich geblutet.
Wie juristisch, wie unwahr die Seele doch urteilen kann! Ich habe mich vergangen an diesem Menschen, Wolf.

WOLF Ich verstehe gut, daß dich die Reue plagt.

GEORG Du verstehst es. Aber du ermißt es nicht: Schuld!

9. Szene

Von rechts kommen ERSTLING *und* HÖFLING.

HÖFLING Nun laß doch endlich mal das Etui in Ruhe.

ERSTLING Es macht mich verrückt. Es geht nicht zu.

HÖFLING Was ist denn drin im Etui?

ERSTLING Ein Schal.

HÖFLING Ein Schal gehört nicht ins Zigarettenetui.

ERSTLING Ein Seidentuch!

HÖFLING Ein Seidentuch von deiner Mutter?

ERSTLING Ja natürlich, du Paprikaschote.

HÖFLING Du glaubst doch nicht im Ernst, daß du das Tuch in das Etui einsperren kannst.

ERSTLING Natürlich kann ich das. Es läßt sich so fein falten, daß es dort hineinpaßt.

HÖFLING Du siehst doch, daß es nicht geht.

ERSTLING Es ging aber die ganze Zeit!

HÖFLING Jetzt ist es aufgegangen und jetzt schließt es nicht mehr.

ERSTLING Das sind zwei Erinnerungsstücke von meiner Mutter, die zusammengehören. Herrgottnochmal!

HÖFLING Es ist aufgegangen, das Etui. Sie denkt an dich!

ERSTLING Unsinn! Ein Drecksding ist das.

HÖFLING Laß mich mal.

ERSTLING Finger weg!

HÖFLING Schönes Drecksding. Ein Geschenk von deiner Mutter.

ERSTLING Reiz mich nicht noch mehr.

HÖFLING Sieht aus wie eine klaffende Wunde, das rote Tuch ...

ERSTLING Rede nicht so einen unverantwortlichen Quadratquatsch daher.

HÖFLING Du behandelst mich, als sei ich das Etui höchstpersönlich.

ERSTLING Du bist keinen Deut erträglicher als dieses verdammte Etui.

HÖFLING Ich habe mit diesem Etui nicht die geringste Ähnlichkeit, mein Lieber.

ERSTLING Ich habe auch nicht behauptet, daß du aussiehst wie ein Etui. Sondern ich sage: du gehst mir genauso auf die Nerven wie dieses Etui!

HÖFLING Auch in angespannter Lage sollte man noch

einen Unterschied machen zwischen einem Freund und einem Etui.

ERSTLING Ich sehe da keinen großen Unterschied. Beide liegen mir am Herzen und beide machen mich nervös.

HÖFLING Dann laß mich gehen. Du wirst mir zu ungerecht.

ERSTLING Du bleibst hier! Ich will dir doch zeigen, daß es zugeht, das Etui. Aha! Kann gar nicht zugehen ... Ich verstehe. Es hat sich ein Tuchzipfel in der hinteren Ritze verklemmt. So. Jetzt. *Das Etui schnappt zu.* Klappt. Siehst du? Glaubst es ja nicht. Alles wieder in Ordnung. *Er steckt das Etui in die Tasche.*

HÖFLING Es sind böse Worte gefallen. Zwischen Freunden.

ERSTLING Ja, ja. Muß auch mal sein.

HÖFLING Ich weiß nicht, ob wir uns nicht mal klarmachen sollten, was da eben passiert ist zwischen uns.

ERSTLING Ohne mich. Ich diskutiere nicht.

HÖFLING Ich bin kein Etui, in das man feingefaltete Beleidigungen hineinstopft und dann klappt man es zu und steckt es wieder in die Tasche. Ich lasse mich von dir nicht in die Tasche stecken.

ERSTLING Du bist nie mit einem Etui, das klappt, verglichen worden. Davon war nie die Rede. Ich habe dich mit einem mir teuren Etui verglichen, das sich nicht schließen läßt und mit dem man sich als mit einem unergründlichen Gegenstand nicht müde wird zu beschäftigen.

HÖFLING Du besitzt ein untrügliches Geschick, gewisse haarsträubende Vergleiche im nachhinein zu deinen Gunsten zu fälschen. Nur weil ich der Schwächere von uns beiden bin und dies nur deshalb, weil ich aufgrund meiner Naturgüte stärker an dir als du an mir hängst – hänge, äh, und deshalb glaubst du, du könntest mich behandeln wie ein Etui, das immer klein beigibt, und behauptest hinterher, du hättest mich ganz im Gegenteil als einen ebenso unergründlichen wie nicht zuklappbaren Gegenstand bezeichnet. Dies ist die Unwahrheit. Aber bitte sehr, du bist der Mächtigere. Du kannst die Geschichte fälschen. Du kannst auch die Geschichte unserer Freundschaft fälschen, so daß am Ende ein Esel dabei herauskommt, der hinter seinem Karren herläuft . . .

10. Szene

Im Vorstadthaus. HELEN *steht rücklings an der Wand neben dem Ausgang. Der* MANN IN SCHWARZ *kommt über den Sandweg ins Haus. Kaum daß er die Schwelle überschritten hat, springt* HELEN *hinter ihn und bindet ihm ein Tuch um die Augen, das sie hinten auf der Kapuze fest verknotet. Der Mann in Schwarz tappt wie Blinde Kuh hinter ihr her. Schließlich setzt er sich auf einen Stuhl am Fenster. Helen setzt sich aufs Sofa gegenüber. Von draußen die Stimmen von* GEORG, ERSTLING *und* HÖFLING.

GEORG Meine Herren! Was tut sich in Sachen Verkaufsleiter?

ERSTLING Großer Meister, ich glaube, wir haben ihn gefunden!

HÖFLING Mittentzwei, von Haus aus Datenkaufmann.

ERSTLING Macht einen sehr guten Eindruck. Leider nicht mehr der Jüngste.

Höfling Wir haben ihn bei BTV auf Herz und Nieren prüfen lassen.

Erstling Herr Mittentzwei hatte selbst angeregt, sich einer gründlichen Leistungsdiagnose zu unterziehen.

Höfling Speedtest, Antizipationsweite etc., soweit alles sehr zufriedenstellend.

Erstling Hast du dir allerdings die Items bei BTV angesehen? Die lassen doch beim realen Altersabbau zuviel Spiel.

Höfling Menschenskind, Erstling! Jeder in der Branche weiß, daß Altwerden das größte Risiko fürs Überleben ist . . .

Die drei Männer betreten das Haus.

Helen *steht auf.* Georg!

Georg Guten Morgen, mein Liebes.

Erstling, Höfling Guten Morgen.

Georg Gehen wir woandershin, meine Herren. Lassen Sie uns woandershin gehen. Kommen Sie!

Die drei Männer entfernen sich. Helen *setzt sich wieder. Der* Mann in Schwarz *versucht mit seinen Skelettfingern die Knoten der Augenbinde zu lösen. Es gelingt ihm nicht und er erkennt seine Ohnmacht.*

Dunkel

Akt V

1. Szene

Nachtcafé. HELMA, WOLF, ERSTLING, HÖFLING, OBERON/MITTENTZWEI *an einem großen runden Tisch. Am Nebentisch* GEORG *und* HELEN. *Dahinter an einem weiteren Tisch der Junge und das Mädchen. Ein* SCHANKKELLNER, *der auch bedient. Im Hintergrund der Zirkusvorhang und seine helle Öffnung.*

WOLF Mittentzwei, wir haben Sie eingeladen, obwohl wir mit Ihnen verunfallt sind –

HELMA Sie mit uns!

WOLF Und obwohl Sie uns und unserem Wagen einen schweren Schaden zugefügt haben.

OB/MIT *leise.* Unverschuldet.

WOLF Bitte?

HELMA Achtung!

ERSTLING *verdeutlicht.* Unverschuldet!

WOLF Die Schuldfrage wollen wir zunächst einmal auf sich beruhen lassen.

HELMA Wir haben Sie eingeladen, um alles noch einmal in Ruhe zu bekakeln.

HÖFLING Ich hoffe, Sie haben nicht die Absicht, ihm durch Ihre Einladung hinterrücks ein Schuldgeständnis abzuluchsen.

HELMA Dann passen Sie mal hübsch auf wie ein Luchs.

WOLF Ihre groben Unterstellungen sind ein schlechter Auftakt.

HELEN *vom Nebentisch.* Schmeckt wohl nicht?

WOLF Ja, grüne Soße muß man mögen.

Ob/Mit Wenn es mal grüne Soße wäre.

Wolf Bitte?

Erstling Wenn es mal grüne Soße wäre!

Wolf Also: Sie kommen aus der Parklücke herausgeschossen –

Ob/Mit *schüttelt den Kopf.* Nein.

Wolf Sie haben doch bereits zugegeben, daß Sie unentwegt in die Kreuzung hineingestarrt haben, und zwar nach links, obwohl Sie doch nach rechts abbiegen wollten. Sie haben, mein Lieber, die gesamte rechte Fahrbahnhälfte überhaupt nicht im Auge gehabt.

Ob/Mit War längst eingefädelt.

Wolf Bitte?

Erstling Er war längst eingefädelt, als Sie herangeschossen kamen.

Wolf Ich bin Fahrlehrer –

Helma Nicht von Haus aus.

Ob/Mit Kotflügel flog! Zierleisten flogen! Stoßstange flog! Scheinwerferbruch! Vorderradabsprung!

Wolf Linkes Ausstellfenster zertrümmert!

Helma Aufprallverzerrung!

Ob/Mit Kühlergrill flog!

Wolf Fünf Meter durch die Luft!

Helma Sieht aus wie'n modernes Kunstwerk.

Ob/Mit Picasso.

Helma Frisch lackiert hatten wir gerade den Kleinen.

Wolf Kommt auf Wiederbeschaffungspreis drauf.

Helma Hast du Rechnung noch?

Wolf Natürlich. Lackierarbeiten. Neulackierung. Wiederbeschaffungspreis plus Neulackierung.

Helma Nichts von Roststellen?

Wolf Nichts.

Durch die Vorhangöffnung betritt TITANIA *den Raum.*

HÖFLING Mittentzwei, aufstehen. Sie kommt. Nun machen Sie schon.

ERSTLING, HÖFLING, OB/MIT *treten in einer Reihe* TITANIA *gegenüber. Allgemeine Stille.*

TITANIA Ah! Welcher ist es?

OB/MIT *hebt klein den Zeigefinger seiner rechten Hand.* TITANIA *und er gehen aufeinander zu. Sie legen sich die Arme um den Hals und drücken die Stirnen zusammen.*

TITANIA Erkennst du mich?

OB/MIT Ja.

TITANIA Freust du dich denn?

OB/MIT Ja.

TITANIA Wie geht's?

OB/MIT Gut.

TITANIA Sind das deine Freunde?

OB/MIT Ja.

TITANIA Sind sie krank?

OB/MIT Nein. Die träumen. Die träumen bloß.

TITANIA Bist noch immer ein mächtiger Kerl, wie?

OB/MIT Ja.

TITANIA Und scharfsinnig!

OB/MIT Ja.

Sie setzen sich an einen Tisch rechts vorn.

WOLF Mittentzwei! Nun kommen Sie her, Mann. Fertigen Sie eine Skizze vom Unfallhergang an. Das Frauchen und ich tun es auch.

OB/MIT Ja.

Er setzt sich wieder an den Tisch der anderen. HÖFLING *gibt ihm Bleistift und Papier.* TITANIA *kann ihre Augen nicht von ihm wenden. Mehrmals geht sie zu ihm und flüstert ihm etwas ins Ohr. Er wendet den Kopf zur Seite und lächelt gutmütig oder kichert leis mit hüpfenden Schultern. Der* KELLNER *bringt ein Glas, bückt sich neben* OB/MIT.

KELLNER Na, wie heiße ich, wie heiße ich?

OB/MIT Du heißt Martin Trowotzke.

KELLNER Richtig. Jetzt weißt du's endlich. Schon zum dritten Mal hast du's nicht mehr gewußt.

Der Junge und das Mädchen an ihrem Tisch.

MÄDCHEN Versteh doch! Ich hatte zuviel getrunken. Da ist es zu einem körperlichen Kontakt gekommen. Ja, mein Gott!

JUNGE Das ist doch keine Entschuldigung. Ein Betrunkener, wenn er einen Unfall macht, wird doch auch gerichtlich belangt.

MÄDCHEN Ich habe aber diese Schuldgefühle einfach nicht.

JUNGE Aber ich habe sie! Ich weiß, daß ich mich jetzt schuldig fühle, wenn mir gleich etwas passiert beim Heimfahren.

HELEN *dreht sich zu dem Paar um.*
Wie reden Sie denn? Wie reden Sie denn?

GEORG Hör doch bitte nicht hin.

JUNGE So verhurt wie du bist . . .

MÄDCHEN Verhurt . . .

HELEN Es verletzt mein Schamgefühl, wie Sie da reden. Jawohl, es verletzt mich. Wollen Sie mich verletzen?

JUNGE Ha! Und Sie fragen nicht, wie Sie uns verletzen durch Ihr hohes Bankkonto, durch die Luftverschmutzung, die Ihre Riesenautos anrichten?

HELEN Ich verletze Sie nicht durch mein hohes Bankkonto. Denn ich habe keins. Und ich habe auch kein riesiges Auto. Ich habe gar keins.

GEORG Na na.

MÄDCHEN Verhurt. Das brauch ich mir von dir nicht sagen zu lassen.

Sie steht auf, geht nach vorn.

JUNGE Ja, geh nur, geh nur ... Andere Leute haben andere Sorgen!

MÄDCHEN *spuckt vor* OB/MIT *aus.* Bah! So ein Gesicht! So 'ne Visage wie du hast! Pfui! Buh! Scheiße!

OB/MIT Ich kenne Sie nicht. Gehen Sie, bitte.

Der Junge reißt das Mädchen zurück.

Vielleicht bin ich ein außergewöhnlich häßlicher Mensch.

HELEN Alle Greuel der Kriege werden nicht ausreichen: erst wenn die ewigen Höllenstrafen wieder Wirklichkeit sind, werdet ihr aufgerüttelt zum Ernst!

JUNGE Entweder Sie halten sofort den Mund oder Sie stellen Ihre Ansichten hier offen zur Diskussion!

HELEN *um ein Widerwort verlegen.* Ja, ja.

GEORG Gib endlich Ruhe!

HELEN Diese Flut von Schwächlingen wird uns noch alle davonschwemmen! ... Der Teufel dürfte ruhig ein wenig eure Reihen lichten!

Der Junge tippt sich an die Stirn, geht mit dem Mädchen nach hinten ab.

GEORG Helen, was soll das?

HELEN Ich darf wohl erwarten nach allem, was ich durchgemacht habe, daß man mich achtet und mich nicht anpflaumt.

GEORG Aber der Junge, was weiß der davon ...

Er will sie in den Arm nehmen.

HELEN Ich bin müde, Georg.

GEORG ›Ich bin müde‹ – ist das dein neuer Abwehrzauber jetzt? Apage satana, ich bin müde, wie?

Helen Warum verstehst du mich nicht?
Wolf Die Musik ist grauenvoll . . .
Titania *zu* Ob/Mit. Versuchs doch noch einmal!
Komm! Versuchs nochmal.
Sieh in die Ferne!
Georg Was mutest du mir eigentlich zu?
Du willst bei mir einziehen, ohne daß wir wie Mann und Frau zusammenleben?
Weigerst dich, mich zu empfangen, wie eine Frau ihren Mann empfängt?
Helen Nein? Nicht möglich?
Georg Warum bist du zurückgekommen? Helen!
Helen *steht auf.* Du würdest selbst bald merken, this bag of a body is something you better not touch. Too bad for you. I'm no longer the same now, the one you see in your mind when you're staring at me.
Georg Bist nicht dieselbe? Wer bist du denn?
Bist du zugewachsen? Hat dich der schwarzgelackte Affe –
Helen Sei nicht so schroff. Sei ruhig. Sei lieber ruhig.
Georg Bist du ein Fischweib jetzt? Nein, nein: zwei lange gerade Beine! Die müssen doch irgendwo hinführen . . .
Helen Keep your hands off, please.
Ich kann mich verhüllen und zuschnüren, wenn es dir leichter fällt.
Georg Du bist krank! Krank! Du gehörst nicht zurück in das Haus deines Mannes. Was ist das für eine fürchterliche Heimkehr! Du gehörst woandershin. Ich nehme dich nicht auf! Such dir etwas anderes! Ich nehme dich nicht auf, wenn du mir nicht schwörst, daß ich dich haben kann, wann ich will und wo ich will!

HELEN Ich würde mich eher verstümmeln und unkenntlich machen, um bei dir bleiben zu können, und alles tun, gegen mich, damit du ruhig wirst.

GEORG *nimmt ihren Arm und beißt hinein.* HELEN *stößt ihm die flache Hand ins Gesicht. Er fällt auf den Rücken.* ERSTLING *und* HÖFLING *springen ihm bei.*

TITANIA *probt mit* OB/MIT. Ich kenn ein Ufer –

OB/MIT Ich kenn ein Ufer

TITANIA Wo wilder Thymian –

OB/MIT Wo wilder Thymian

TITANIA Blüht!

OB/MIT Blüht

TITANIA Wo Primeln leuchten, das Veilchen dunkel glüht
Wo Geißblatt üppig wölbt den Baldachin
Mit süßen Malven, Rosen und Jasmin
Weißt du es denn nicht mehr?

OB/MIT Doch.

TITANIA *lehnt sich an ihn.* Ach, mein Herr. So wird es nichts. So kommen wir nie wieder raus aus unserer Haut.

OB/MIT Ich weiß ein Ufer, wo Thymian blüht. Primeln. Wo – wo.

TITANIA Komm her. Es hat ja keinen Zweck. Nur ein Gott kann uns retten.

Sie setzen sich wieder an den Tisch.

ERSTLING *über* OB/MIT. Ein liebenswürdiger Mann.

GEORG Sehr liebenswürdig. Der beantwortet uns jede Postwurfsendung. Den können wir nicht gebrauchen, meine Herren.

ERSTLING Wir wissen auch, daß Mittentzwei noch hinter seiner Form herläuft.

HÖFLING Er braucht noch ein bißchen mehr Zip, wie der Fußballer sagt.

ERSTLING Wie wir alle, im Grunde genommen.

HELEN, GEORG, HÖFLING *gehen nach hinten durch den Vorhang ab.*

ERSTLING Mittentzwei, Sie Zipfelmütze, Sie reiten uns hinein!

Er folgt den anderen.

HELMA Eigentlich finde ich die Musik grauenvoll.

WOLF Du redest mir nach dem Mund. Sag doch wenigstens: auch. Eigentlich finde ich die Musik auch grauenvoll. Wenigstens auch! He, Unfallpartner, zeigen Sie mal Ihre Skizze!

TITANIA Lassen Sie ihn in Ruhe. Bitte.

TITANIA *und* OB/MIT *gehen nach hinten ab.* WOLF *nimmt vom Rand des Tischs die Skizze, die* OB/MIT *angefertigt hat und betrachtet sie ratlos.*

WOLF Mittentzwei: können Sie überhaupt autofahren?

OB/MIT Ja.

Langsame Verwandlung. Im Hintergrund wird der Vorhang aufgezogen. Man erkennt in der Ferne: den SCHWARZEN JUNGEN *am Klavier sowie die Gäste eines Festes, die erscheinen und wieder verschwinden:* HELEN, GEORG, WOLF, HELMA. *Und* OBERON. *Ein junger* BEDIENSTETER *bringt Getränke. Über die Köpfe der Gäste schwingt zuweilen das leere Trapez hin und her. Ein einziges Mal sitzt der* MANN IN SCHWARZ *darauf und schwebt von rechts nach links. Die Holunderhecke bildet nun die rückseitige Begrenzung dieses Ausblicks. Hin und wieder erklingen die letzten dreißig Takte aus Mendelssohns ›Sommernachtstraum‹-Ouvertüre.*

2. Szene
(›Die Träne und das Ohr‹)

Im Vordergrund ein breiter Empire-Sessel, auf dem sich das SERVIERMÄDCHEN *in kurzem schwarzem Rock mit weißer Schürze rekelt. Vor ihr Titanias* FABEL-SOHN, *dem sie auf eine verträumte und laszive Weise zuhört und der seinerseits ihrem Zuhören verfallen ist. Er sitzt auf einem Stuhl und schlägt die Beine übereinander. Er hat Stierhufe statt Füße. Außerdem ein kleiner, nicht allzu niedriger Hocker etwas weiter hinten.*

DER SOHN Wir haben an die fünfzig Einladungen verschickt. Mit achtundzwanzig Personen haben wir fest gerechnet. Gekommen sind ganze fünf. Das wird sie kränken. Meine Mutter durfte wohl erwarten, daß mehr Menschen sie zu ihrer Silberhochzeit ehren würden. War sie nicht beliebt? Hatte sie nicht vielen Menschen geholfen? Nun wird es ihr schwerfallen, ihre Enttäuschung zu verbergen und die fünf Personen, die tatsächlich gekommen sind, nicht spüren zu lassen, daß ihre Anwesenheit nicht ausreicht, um sie glücklich zu machen. So wichtig ihr jeder einzelne ist, er kann die fehlende Menge nicht ersetzen, die allein an einem solchen Tag für Jubel sorgt. Selbst den wichtigsten Gast wird sie nun mit einem Ausdruck von unerfüllter Erwartung anblicken, obgleich er, der ja da ist, Gott sei Dank, und wahrhaftig als der beste aller überhaupt denkbaren Gäste zu gelten hat, persönlich nicht den geringsten Anlaß zur Enttäuschung bietet. Der beste, der liebste, der wichtigste Gast ist gekommen, jedoch wie verschwindend auch er, wie armselig seine Anwesenheit angesichts der rauhen Menge von vermißten

Gästen. Er, erwartet als die heimliche Krönung des Abends, wird ihr nun bestenfalls als Trostpflaster dienen für alle die, die nicht gekommen sind. Er steht schon jetzt mehr hölzern als beherrschend da, denn es fehlt ihm, um hervorzuragen, die Stütze einer Vielzahl weit geringerer Gäste. Kaum anders ergeht es dem zweit-, dem dritt-, dem viertwichtigsten Gast, nur noch sehr viel schlimmer, von Stufe zu Stufe abwärts, lächerliche fünf Stufen nur, wie gesagt, und je weniger einer, für sich genommen, darstellt, umso bedrückender lastet die fehlende Menge auf ihm, deren unsägliches Gewicht ihm das enttäuschte Gesicht der Jubilarin aufgebürdet hat.

TITANIA, *altes Gesicht, kommt in einem prachtvollen Umhang von rechts. Sie stellt sich neben den Hocker und blickt in den Hintergrund.*

TITANIA Eins, zwei, drei, vier –
sind die anderen schon unten im Haus?

DER SOHN Nur *er* ist im Haus, Mutter.

TITANIA Er. Er ist gekommen. Ich habe ihn schon gesehen. Er hat mich nicht im Stich gelassen.

DER SOHN Weißt du, meine Liebe, es sind auf den Kopf diese fünf wunderbaren Menschen, mit denen wir feiern werden. Nicht einer mehr, aber auch nicht ein einziger weniger. Fünf Menschen im Park und im Haus, die es ehrlich mit dir meinen. Deren Erscheinen am heutigen Tag ihnen ein Herzenswunsch ist.

TITANIA Fünf Menschen sind gekommen.
Wie schön. Wie sehr ich mich freue.
Ich glaube, mein Haar ist noch nicht ganz in Ordnung.
Entschuldige mich, mein Kleiner.
Sie geht nach rechts ab.

DER SOHN Nun wird sie erst mal ein paar Tränen zerdrücken. Man hätte von Anfang an nicht auf die große Festivität lossteuern sollen. Von Anfang an hätte man den kleinen intimen Kreis im Auge haben sollen, der letzten Endes auch gekommen ist. Weder Diener noch Garderobiere hätten wir gebraucht. Weder den Küchenchef noch den Neger am Piano. Wir wären besser unter uns geblieben. Der große Stil liegt jetzt wie Frost auf dem vertrauten Kreis. Und selbst die herzlichsten Beziehungen versteifen sich durch eine Überzahl an Personal. Aber bitte: dachte man nicht, dies sei vielleicht die letzte Gelegenheit, alle, oder doch zumindest viele, sehr viele ihrer geliebten Menschen auf einmal um sie zu versammeln? Viele auf einmal, die bilden den Quell des Überflusses, das kostbare Entzücken, mit dem man eine Mutter an einem solchen Tag beschenken möchte. Viele auf einmal! Wenige auf einmal, das bedeutet nichts. Das ist im Grunde schlimmer als gar keiner. Das kann sie jeden Dienstag zum Tee haben. Was sich heute eingefunden hat, hat mit einem Jubeltag nichts zu tun, das ist der krasseste Dienstag, der sich nur denken läßt. Ein Dutzendtreff, wie jede Woche. Ein Häufchen Alltagsgrau. Ein wahres Aschenhäufchen ausgeglühter Leidenschaften. Aber nein. Ich merke schon, daß ich denselben Fehler mache, vor dem ich die Mutter bewahren möchte: daß ich mich nämlich gegen die ereifere, die doch schließlich gekommen sind, statt auf jene loszugehen, die einfach weggeblieben sind. Was können wenige dafür, daß sie wenige sind? Nichts. Viele dagegen –

Er holt sein Taschentuch hervor und wischt sich Mund und Stirn. TITANIA *kommt von rechts mit einem Teetablett.*

TITANIA Laß dich nicht stören, mein Junge.

Ich möchte nur meinen Nachmittagstee
bei dir hier in der Sonne trinken.
Noch ein bißchen Sonne schnuppern.
Sie setzt sich auf den Hocker.

DER SOHN Mutter, du darfst die Gäste nicht länger warten lassen.

TITANIA Natürlich darf ich das. Heute, zur Feier des Tages, trinke ich meinen Tee ganz allein mit dir. Heute mache ich, was mir paßt.

DER SOHN Ja, Mutter.

TITANIA Wir beide müssen doch, bevor der schreckliche Trubel beginnt, noch einen Augenblick für uns haben, nicht wahr?

DER SOHN Ja, natürlich.

TITANIA Es ist so schön, wenn ich dich ein bißchen für mich allein habe. *Sie beugt sich vor, flüstert.* Hast du denn gar nichts versucht?

DER SOHN Versucht? Was meinst du?
Er blickt mit einem verlegenen Lächeln zu dem Mädchen im Sessel.

TITANIA Ach, mein Sohn, mein Sohn. *Sie seufzt.*
Alles hat seine Sonnen- und Schattenseiten. In diesem langen Leben habe ich so manchen Puffer abgekriegt. Aber es hat auch sehr viel Schönes für mich bereit gehalten. Und du – du bist immer meine größte Freude gewesen!
Du liebe Güte! Was könntest du nicht alles mit den Frauen anstellen. Wenn die nur wüßten! – was du für ein Kerl bist. So rücksichtsvoll, so gescheit, so lieb. Einen solchen müssen sie doch heute mit der Lupe suchen, nicht wahr?

DER SOHN Ja, Mutter.

TITANIA Es hat sich noch nicht genügend herumgesprochen. In unserem kleinen Kreis ist es immerhin die Helen Mergentheim, die immer so lieb von dir spricht.

DER SOHN Ich denke, die Frau Hillewech auch.

TITANIA Ja. Die auch. Ein bißchen. Noch nicht richtig. Interessiert sie dich?

DER SOHN Ich frag ja nur. Mal sagst du: daß die Frau Hillewech und die Frau Mergentheim sich beide um mich reißen. Und jetzt heißt es wieder: es ist nur die Mergentheim.

TITANIA Ja, das wechselt mitunter, mein Junge. Die Stimmung, die Blicke, die ganze Atmosphäre. Man ist nicht jeden Dienstag gleich beliebt bei den Damen. Wäre es nicht richtiger, wenn überhaupt, sich auf die Mergentheim zu kaprizieren? Sie hat einen kleinen religiösen Tic, aber einen makellosen Körper.

DER SOHN Die Mergentheim? Die Hillewech hat einen schönen Körper, ja.

TITANIA Die Helma! Die geht auf die sechzig!

DER SOHN Und Helen?

TITANIA Etwas jünger! Etwas jünger! Die Helma hat einen schönen Körper ... daß ich nicht lache! Ein Kloß ist die, ein Klump.

DER SOHN Das ist Geschmacksache, Mama. Ich finde, daß die Frau Hillewech eine ganz aufregende Figur hat, während die Frau Mergentheim eine etwas oberflächliche Schönheit ist.

TITANIA Wie du meinst. Steuere ich eben stärker auf die Hillewech zu. Wenn überhaupt.

DER SOHN Wenn überhaupt ... *Er nimmt ihre Hand, küßt sie.* Ich schäm mich so, Mama. Es sind so wenig Leute gekommen.

TITANIA Och! Macht doch nichts.

Sie sieht nach hinten, wischt eine Träne aus dem Auge, steht auf.

So! Jetzt muß ich zu den Gästen.

DER SOHN Du siehst wunderbar aus, Mutter. Als gingst du heute zu deiner richtigen Hochzeit.

TITANIA Was hast du nur für verrückte Augen im Kopf, du lieber Junge . . .

Sie geht mit dem Teetablett nach rechts ab.

DER SOHN Jetzt trägt sie selber noch das Teetablett hinaus, genau wie alle Tage. Und das bißchen, das nicht wie alle Tage ist, das ist prompt wie jeden Dienstag . . . Herr, warum hast du uns heute keinen Feiertag beschert?! Und einen jener hellen Sommerabende, an denen du mit leichter, gütiger Hand einige Dutzend deiner lustigen Geschöpfe in unseren Garten geworfen hättest, und er wäre mit Leben erfüllt gewesen und mit Hochrufen auf meine Mutter. ›Da werden wir feiern und schauen, schauen und lieben, lieben und preisen‹ . . . Auf fünfzig Tuchservietten ließ ich das Wort des Augustinus drucken. Für wen? Für ein ohnehin wogendes Bankett, das den Überschwang, selbst ins Religiöse hinein, nicht scheut. Für die reichliche Menge hab ich es drucken lassen, die seit Urzeiten an den Jubel gewöhnt und imstande ist, überall ohne viel Federlesens aus sich herauszugehen. Aber fünf verlorene Hausfreunde? Der Augustinus auf der Serviette wird ihnen das kalte Grausen über den Rücken jagen. Ständig fühlen sie sich aufgefordert, eine Stimmung zu verbreiten, die fünf uralte Bekannte nirgends auf der Welt verbreiten können. Der Augustinus wird sie in die allergrößte Verlegenheit bringen. Er wird das gerade Gegenteil dessen bewirken, was er verheißt. Statt zu

feiern werden sie frösteln, statt zu schauen werden sie unter sich blicken, statt zu lieben werden sie witzeln, statt zu preisen werden sie nörgeln. Anders kann es gar nicht kommen. Denn: was immer man von den Fünfen halten mag, eines kann man ihnen nicht absprechen: ein Gefühl dafür, daß dieser Dienstag nicht so hätte ausfallen dürfen wie jeder x-beliebige Dienstag in der langen Geschichte der Dienstage. Dabei wird sich einerseits jeder ans eigene Portepee fassen und andererseits wird er sich unablässig kritisch mit der ausgebliebenen Menge beschäftigen, in der er gerade dieses Mal unauffällig zu verschwinden gehofft hatte. Auch ich hätte die Menge gebraucht. Auch ich habe mich danach gesehnt, mit ihr in der Menge unterzutauchen. Sie in der Menge zu jagen, sie, in der Menge versteckt, zu küssen, und nach dem Abendbrot noch einmal hinaus in die Menge, die im Dämmer auf der Wiese steht und Wein trinkt, bis es Schlafenszeit ist, und ich hätte ihr die weiße Angorajacke um die Schultern gelegt und sie, in der Menge, an mich gerissen, oh, die Augen der Menge, vor aller Augen, vor aller Augen!
Ja, der Abend war hell. Hell und wolkenlos. Einer dieser feierlichen Sommerabende. Alle Leute waren fein angezogen und traten nach dem Abendbrot noch einmal hinaus in den Park hinter dem Haus und warteten im Dämmerlicht, bis es Schlafenszeit ist. Ja, ich küßte sie im Schutze der Menge. Das ist das Paradies, mein Sohn, sagte sie. Ja, sagte ich, das ist das Paradies, Mama.
Das MÄDCHEN *im Sessel fährt erschrocken in die Höhe.*
Haben Sie mich verstanden oder lauschen Sie nur?

Dunkel

Botho Strauß

Groß und klein
Szenen. 5. Auflage 1984. 144 Seiten. Broschur

Die Hypochonder/Bekannte Gesichter, gemischte Gefühle
2 Theaterstücke. 1979. 128 Seiten
8 Seiten Abbildungen. Broschur

Kalldewey Farce
5. Auflage 1983. 124 Seiten. Broschur

Der junge Mann
Roman. 1984. 456 Seiten. Gebunden

Marlenes Schwester
1975. 112 Seiten. Broschur

Paare Passanten
7. Auflage 1984. 200 Seiten. Gebunden

Der Park
Schauspiel. 1983. 128 Seiten. Broschur

Rumor
Roman. 2. Auflage 1980. 236 Seiten. Leinen

Trilogie des Wiedersehens
Theaterstück. 3. Auflage 1978. 128 Seiten. Broschur

Die Widmung
7. Auflage 1984. 148 Seiten. Leinen

bei Hanser